rororo

DIE HERAUSGEBERINNEN:

Magda Birkmann ist seit ihrer Jugend begeisterte Schatzsucherin in Bibliotheken, Antiquariaten und auf Bücherflohmärkten, seit 2018 teilt sie diese Begeisterung für Literatur als Buchhändlerin in der Berliner Buchhandlung Ocelot und als freiberufliche Literaturvermittlerin auch regelmäßig mit der Öffentlichkeit.

Nicole Seifert ist gelernte Verlagsbuchhändlerin und promovierte Literaturwissenschaftlerin. Sie lebt in Hamburg und arbeitet frei als Autorin, Übersetzerin und Literaturkritikerin. 2021 erschien bei Kiepenheuer & Witsch ihr Buch *FRAUEN LITERATUR. Abgewertet, vergessen, wiederentdeckt*, 2024 folgte *«Einige Herren sagten etwas dazu». Die Autorinnen der Gruppe 47*.

Stella Benson
Zauberhafte Aussichten

ROMAN

Aus dem Englischen von
Marie Isabel Matthews-Schlinzig

Herausgegeben
von Magda Birkmann
und Nicole Seifert

ROWOHLT TASCHENBUCH VERLAG

Deutsche Erstausgabe
Veröffentlicht im Rowohlt Taschenbuch Verlag,
Hamburg, Juni 2024
Copyright © 2024 by Rowohlt Verlag GmbH, Hamburg
Die Originalausgabe erschien 1919
unter dem Titel «Living Alone» im Verlag
Macmillan & Co., Ltd. London.
Redaktion Lisa Kuppler
Die Nutzung unserer Werke für Text- und Data-Mining
im Sinne von § 44b UrhG behalten wir uns explizit vor.
Covergestaltung FAVORITBUERO, München
Coverabbildung Shutterstock
Satz aus der Wolpe Pegasus
bei Pinkuin Satz und Datentechnik, Berlin
Druck und Bindung CPI books GmbH, Leck
ISBN 978-3-499-01517-5

Dies ist kein echtes Buch. Es handelt weder von echten Menschen, noch sollte es von echten Menschen gelesen werden. Jedoch sind bereits so viele echte Bücher in der Welt, die für echte Menschen geschrieben wurden, und es sind noch so viele zu schreiben, dass ein kleines, abwegiges Buch wie dieses, das für eine magisch veranlagte Minderheit geschrieben wurde, wohl kaum, so glaube ich, als allzu forscher Eindringling betrachtet werden wird.

Inhalt

Die Allein Wohnen 9

KAPITEL 1
Magie erscheint bei einem Komitee 11

KAPITEL 2
Das Komitee erscheint bei der Magie 23

KAPITEL 3
Der ewige Junge 50

KAPITEL 4
Das verbotene Sandwich 66

KAPITEL 5
Ein Luftangriff von unten betrachtet 82

KAPITEL 6
Ein Luftangriff von oben betrachtet 106

KAPITEL 7
Die Feenland-Farm 125

KAPITEL 8
Der bedauerliche Mittwoch 156

KAPITEL 9

Das Haus Alleinleben zieht fort 175

KAPITEL 10

Die Allein Wohnen 202

Die Allein Wohnen

Mein Selbst ward mir zu wild, es zu beherrschen,
Verstört, jenseits des Trosts, den ich mir find,
Schreit es: «Oh Gott, ich bin geplagt von Grauen.»
Schreit in der Nacht: «Ich bin geplagt, bin blind ...»
Ich werd mich trennen. Werd meine Wohnstatt gründen
Fern meines Selbst. Nicht durch diese schweren Tränen
Menschen weinen seh'n. Nicht mit diesen Ohren
Neuigkeiten hören, die beim Erzählen quälen.
Ich ziehe los, zu suchen meiner Seele fernsten
Und stillsten Ort. Denn oh, mich hungert, dürstet,
In Ruh' des Menschen flammenden Protest zu hören
Wider den Dammfluch, der nun seine Welt verwüstet.
Nicht mein Wandern – nicht mein Verweilen –
Soll meine Such' verzerren und befangen.
Mir ist kein leichtes Glück beschieden.
Mir ist kein Freund, die Kunde mitzuteilen.
Der endlos Zeiten Wogen singen, donnern
An des Raumes Klippen. Und dieses Meer
Werd ich befahren, ohne Furcht zu sinken,
Unmessbar Zeit mich stützend von jeher:
Die See – die Mutter einer Million Sommer,
Die klangvoll eine Million Frühlinge gebar,
Wird mich bezaubernd singen wie der Schar
Vom Leb' Verlassener – und im Tod neu Angekomm'ner.
Schaut, dort stehen Stern', die Wut zu bannen,

Da lachen unsterbliche Jahre allem Leid,
Hier ist gesegnet' Trägheit das Versprechen,
Zu glätten endlich neu das Meer der Zeit.
Und all der Mütter Söhne, die vom Tod genesen,
Laut rufen nun: «Ach, klagt nicht mehr um uns,
Zu Liebe, Leben wolltet ihr geboren haben uns,
Doch gütiger als Liebende ist uns der Tod gewesen.»
Ich werd mich trennen. Allein sucht mein Selbst
Nach seinem Gestern zwischen finsteren Ruinen;
Mit den Händen hämmert es an Kirchentüren fest,
Und kann an ihrem Altar doch nicht beten.
Doch ich bin frei – frei von Unentschlossenheit,
Von Blut, Erschöpfung, allen Grausamkeiten.
Ich hab mein Selbst verkauft für Stille, Kostbarkeit
Der Stille, und für eines Traumbilds Schatten ...

KAPITEL 1
Magie erscheint bei einem Komitee

Sechs Frauen, sieben Stühle und ein Tisch befanden sich in einem ansonsten unmöblierten Zimmer in einem unmodischen Stadtteil Londons. Drei der Frauen gehörten zu jener Art, die außerhalb von Komitees kein Leben hat. Sie müssen nicht eingehender erwähnt werden. Die Namen von zwei weiteren lauteten Miss Meta Mostyn Ford und Lady Arabel Higgins. Miss Ford war eine anständige Frau und eine Dame. Ihre Hände waren schön, weil sie eine Handpflegerin dafür bezahlte, ihre Fingernägel zu feilen und zu polieren, aber sie puderte sich nicht die Nase – dazu war sie zu ehrlich. Sie war die Art von Person, die ein Mann seinem besten Freund als Braut wünscht. Lady Arabel war älter: Sie war ebenso tugendhaft, wie Achilles unverwundbar gewesen war. Am Anfang, als ihre Seele in Tugend getaucht wurde, war deren Ferse glücklicherweise trocken geblieben. Lady Arabel hatte einen Ehemann, aber nichts offenkundig Tragisches in ihrem Leben. Diese beiden Frauen stammten eindeutig nicht aus dieser Umgebung. Ihre Wimpern ließen einen an Bond Street – oder wenigstens Kensington – denken; ihre Schuhe waren schmutzfrei; ihre Handschuhe hatten sie nicht im Schlussverkauf erstanden. Je weniger Worte über die sechste Frau verloren werden, umso besser.

Alle sechs Frauen waren in dem Zimmer, weil sich ihr Land im Krieg befand und weil sie es als ihre Pflicht betrachteten, es dabei zu unterstützen, vorerst im Krieg zu bleiben. Sie bildeten den Kern eines Komitees für Kriegseinsparungen, und sie warteten auf ihren Vorsitzenden, der Bürgermeister des Bezirks war. Er war außerdem Gemischtwarenhändler.

Fünf der Mitglieder diskutierten Methoden, um arme Leute vom Sparen zu überzeugen. Das sechste hinterließ mit einem Füller Kleckse auf dem Tisch.

Sie wurden unterbrochen, nicht von dem erwarteten Bürgermeister, sondern von einer jungen Frau, die ungestüm durch die Haustür hereinkam, in die Mitte des Zimmers stürzte und unter den Tisch kroch. Überrascht schoben die Mitglieder ihre Stühle zurück und gaben damenhafte Laute des Protests und der Neugier von sich.

«Sie sind hinter mir her», keuchte die Person unter dem Tisch.

Alle sieben lauschten mehrere Sekunden lang der kolossalen Stille, und dann, da sich kein Verfolgungsgeschrei ankündigte, tauchte Die Fremde wenig anmutig aus ihrem Versteck auf.

Jedem, der nicht Mitglied eines Komitees war, wäre klar gewesen, dass Die Fremde zum Typ Aschenputtel gehörte und sich zwangsläufig früher oder später als eine Heldin herausstellen würde. Aber Auffassungsgabe geht in Komitees verloren. Je mehr Komitees man angehört, umso weniger versteht man vom gewöhnlichen Leben. Wenn der tägliche Rundgang aus nichts anderem mehr besteht als einem täglichen Rundgang durch Komitees, kann man genauso gut tot sein.

Die Fremde war nicht hübsch; sie hatte ein breites, eigentümliches Gesicht. Ihre Kleider waren viel zu gut, um weggeworfen zu werden. Man hätte sie mit Freuden einer heruntergekommenen Edelfrau vermacht.

«Ich habe dieses Brötchen gestohlen», erklärte sie unumwunden. «Ein nicht internierter deutscher Bäcker verfolgt mich.»

«Und warum haben Sie es gestohlen?», fragte Miss Ford, wobei sie das R in «warum» mit einem hochmütigen und furchterregenden Rollen aussprach.

Die Fremde seufzte. «Weil ich es mir nicht leisten konnte.»

«Und warum konnten Sie sich kein Brötchen leisten?», fragte Miss Ford. «Ein großes, starkes Mädchen wie Sie?»

Wie Sie merken, hatte sie eine Menge Erfahrung in der Sozialarbeit.

Die Fremde sagte: «Bis heute Morgen um zehn Uhr gehörte ich wie Sie der müßiggehenden Gesellschaft an. Ich besaß einhundert Pfund.»

Lady Arabel war einer der liebenswürdigsten Menschen der Welt, aber selbst ihr schauderte bei dem Gedanken an einen gewöhnlichen Müßiggang. Die Art von Kleidung, die Die Fremde trug, hätte Lady Arabel als «allzu schröcklich» bezeichnet. Wer sich gut kleidet, ist stolz und kann einem Engel ins Auge sehen. Wer wirklich ärmliche Kleider anhat, ist sogar noch stolzer und überschlägt sich oft förmlich, Engeln in die Augen zu sehen. Aber wer eine «Garnitur» aus Eichhörnchenfell und ein gefärbtes Kleid trägt, das einmal zweieinhalb Guineen gekostet hat, ist verloren.

«Sie haben das ganze Geld verschleudert?», verfolgte Miss Ford die Sache weiter.

«Ja. In zehn Minuten.»

Erregung durchfuhr alle sechs Mitglieder. In mehreren Mündern floss Wasser zusammen.

«Ich schäme mich für Sie», sagte Miss Ford. «Ich hoffe, der Bäcker kriegt Sie zu fassen. Wissen Sie nicht, dass Ihr Land in einen der größten Konflikte der Geschichte verwickelt ist? Einhundert Pfund ... Das hätten Sie in Kriegsanleihen stecken können.»

«Ja», sagte Die Fremde, «habe ich. So habe ich es verschwendet.»

Miss Ford schien in dieser Antwort halb zu ertrinken. Man konnte sehen, wie ihr Verstand um Luft rang.

Aber Lady Arabel hatte sich kein Urteil erlaubt und entkam daher dieser Katastrophe. «Sie haben sich töricht verhalten», sagte sie. «Wir sind alle allzu schröcklich bestrebt, für das, was wir entbehren können, Kriegsanleihen zu zeichnen. Aber der Staat erwartet von uns nicht mehr als das.»

«Behüte ihn Gott», sagte Die Fremde so laut, dass alle erröteten. «Natürlich tut er das nicht. Aber es macht Spaß, Erwartungen zu übertreffen, wenn man ein Geschenk macht – meinen Sie nicht?»

«Der Staat ...», hob Lady Arabel an, wurde aber durch eine Berührung von Miss Ford zum Schweigen gebracht.

«Natürlich ist das alles gelogen. Sie soll nicht denken, dass wir ihr glauben.»

Die Fremde hörte sie. Solche Menschen hören nicht nur mit den Ohren. Sie lachte.

«Ich werde Ihnen die Quittung zeigen», sagte sie.

Sie zog verschiedene Dinge aus ihrer großen Tasche hervor, bevor sie fand, was sie suchte. Das sechste Mitglied bemerkte mehrere mit MAGIE beschriftete Päckchen, die Die Fremde sehr vorsichtig handhabte. «Schrecklich explosiv», sagte sie.

«Ich glaube, Sie sind betrunken», sagte Miss Ford, als sie die Quittung entgegennahm. Es war wirklich eine Quittung für eine Kriegsanleihe, und der Name und die Adresse darauf lauteten: Miss *Hazeline Snow*, Bei den Binkeln, Pymley, Gloucestershire.

Lady Arabel lächelte erleichtert. Sie war noch nicht lange Sozialarbeiterin und hatte noch keinen Geschmack daran gefunden, die Unwürdigen zum Narren zu halten. «Das sind also Ihr Name und Ihre Adresse», sagte sie.

«Nein», sagte Die Fremde schlicht.

«Das sind Ihr Name und Ihre Adresse», sagte Lady Arabel lauter.

«Nein», sagte Die Fremde. «Ich habe sie erfunden. Meinen Sie nicht, ‹Bei den Binkeln, Pymley› ist herzallerliebst?»

«Völlig betrunken», wiederholte Miss Ford. Sie hatte diese Woche an acht Komiteesitzungen teilgenommen.

«Ps-s-s-t, Meta», zischte Lady Arabel. Sie lehnte sich nach vorne, ohne zu lächeln, zeigte aber auf freundliche Weise ihre Zähne. «Sie haben einen falschen Namen und eine falsche Adresse angegeben. Meine Liebe, ich frage mich, ob ich den Grund dafür erraten kann.»

«Das können Sie bestimmt», gab Die Fremde zu. «Es macht solchen Spaß, keinen Dank zu erhalten, meinen Sie nicht? Amüsieren Sie sich nicht manchmal damit, Leuten, deren Adressen schon im Telefonbuch mitleiderregend wirken, eine Postanweisung zu schicken oder zu vergessen, die Pakete mitzunehmen, die sie in kleinen ärmlichen Läden gekauft haben? Oder dazustehen und mit demonstrativem Respekt aufmarschierende Pfadfinder anzuschauen, immer mit dem Gedanken, dass sie in ihren eigenen Augen keine kleinen Jungen sind, die hinter einem verkleideten Hilfsgeistlichen hinterhertrotten, sondern Britische Truppen auf dem Vormarsch? Nur zwei erfreute Augen in der Menge, nur hundert Pfund, die vom Himmel in die wehmutsvolle Hand des armen Mr. Bonar Law fallen ...»

Miss Ford begann zu lachen, ein damenhaftes, aber böses Lachen. «Sie amüsieren mich», sagte sie auf eine Art und Weise, die in niemandem den Wunsch wecken würde, sie häufig zu amüsieren.

Miss Ford war das ideale Komiteemitglied, und ein Komitee existiert natürlich zu dem Zweck, Begeisterung zu dämpfen.

Das Verhalten Der Fremden war irgendwie zerfahren. Sobald sie das Lachen hörte, traten ihr Tränen in die Augen. «Hat Ihnen nicht gefallen, was ich gesagt habe?», fragte sie. Tränen kletterten ihre Wangenknochen hinab.

«Oh!», sagte Miss Ford. «Sie scheinen – falls Sie nicht betrunken sind – an einer Form von Hysterie zu leiden.»

«Meinen Sie, Jugend ist eine Form der Hysterie?», fragte Die Fremde. «Oder Hunger? Oder Magie? Oder ...»

«Ach, sagen Sie nicht noch mehr Listen auf, um der lieben Güte willen!», flehte Miss Ford, die diesen recht hübschen Ausdruck dort aufgeschnappt hatte, wo sie ihr Lachen und die meisten ihrer Gedanken aufschnappte – in der zeitgenössischen Literatur. Sie hatte viele Freunde, die der schreibenden Zunft angehörten. Sie kannte auch Künstler und eine Schauspielerin und viele Leute, die redeten. Fast hätte sie selbst etwas Cleveres getan. Sie fuhr fort: «Ich wünschte, Sie könnten sich selbst sehen, wie Sie versuchen, beim Mampfen eines gestohlenen Brötchens erbaulich zu wirken. Sie würden auch lachen. Aber vielleicht lachen Sie nie», fügte sie hinzu und zog die Lippen gerade.

«Was meinen Sie mit ‹lachen›?», fragte Die Fremde. «Ich wusste nicht, dass man dieses Geräusch Lachen nennt. Ich dachte, Sie hätten einfach ‹Ha–ha› gesagt.»

In diesem Moment trat der Bürgermeister ein. Wie ich Ihnen gesagt hatte, war er Gemischtwarenhändler und der Vorsitzende des Komitees. Er war kein guter Vorsitzender, aber ein guter Gemischtwarenhändler. Gemischtwarenhändler tragen in Ausübung ihrer Tätigkeit normalerweise Weiß, und diese Marotte reflektiert, meine ich, die Reinheit ihres Herzens. Sie verbringen ihre Tage umgeben von weichen Substanzen, deren Berührung herrlich angenehm ist; und manchmal verkaufen sie nach Ehrlichkeit duftende Seifen; und manchmal schneiden sie Käse und kommen so zu den Ehren des Metzgerberufs – ohne dessen schmerzliches Leid. Außerdem hantieren sie mit glänzenden Dosen, die fabelhaft bebildert sind.

Bürgermeister und Gemischtwarenhändler bedeuteten Miss Ford natürlich nichts, aber Vorsitzende waren sehr wichtig. Dem Bürgermeister und Gemischtwarenhändler nickte sie brüsk zu, aber dem Vorsitzenden schob sie den siebten Stuhl hin.

«Darf ich nur noch diese Bittstellerin fertig betreuen?», fragte sie mit ihrer dünnen, alle ansprechenden Komiteestimme und fügte dann in Richtung Der Fremden hinzu: «Es bringt nichts, Unsinn zu reden. Wir durchschauen Sie alle, Sie können ein Komitee nicht täuschen. Aber bis zu einem gewissen Grad glauben wir Ihre Geschichte und sind bereit, wenn sich der Fall als überzeugend erweist, Ihnen behilflich zu sein. Ich werde mir dazu einige Details notieren. Zuerst Ihr Name?»

«Hm–hm», sinnierte Die Fremde. «Lassen Sie mich überlegen, Sie mochten *Hazeline Snow* nicht besonders, oder? Was würden Sie von Thelma halten ... Thelma Bennett Watkins? ... Sie wissen schon, die Watkinsens aus Rutlandshire, der jüngere Zweig ...»

Miss Ford wägte hilflos ihren Stift zwischen den Fingern. «Aber das ist nicht Ihr echter Name.»

«Was meinen Sie mit ‹echter Name›?», fragte Die Fremde besorgt. «Geht der nicht? Wie wäre es mit Iris ... Hyde? ... Sehen Sie, die Wahrheit ist, ich wurde im Grunde nie getauft ... Ich wurde als Verweigerin aus Gewissensgründen geboren, und außerdem ...»

«Oh, um der lieben Güte willen, seien Sie still!», sagte Miss Ford und notierte, in Notwehr, *Thelma Bennett Watkins*. «Ich nehme an, das ist der Name, den Sie bei der Außerordentlichen Volkszählung angegeben haben?»

«Solche Dinge vergesse ich», sagte Die Fremde. «Ich erinnere mich, dass ich ‹Magie› als mein Gewerbe angegeben habe, und auf meiner Karte haben sie es mit ‹Maschinistin› eingetragen. Jedoch glaube ich, Magie ist ein unabkömmlicher Beruf.»

«Welches Gewerbe üben Sie nun wirklich aus?», fragte Miss Ford.

«Ich werde es Ihnen zeigen», erwiderte Die Fremde und knöpfte noch einmal die Lasche ihrer Tasche auf.

Sie schrieb mit dem Finger ein Wort in die Luft und machte unter dem Wort einen Schnörkel. So blumig war der Schnörkel, dass er sie herumwirbelte, einmal um ihre Achse auf den Zehenspitzen, bis sie ihre Zuschauer wieder ansah. Das Komitee zuckte zusammen, denn das Rouleau schnappte nach oben, und draußen vor dem Fenster, am Ende einer seltsamen Straßenperspektive, waren die Bäume eines entfernten Platzes so weich wie Distelwolle vor einem zitronenfarbenen Himmel. Ein Klang zog die Straße herauf ...

Der vergessene April und die Stimmen von Lämmern schallten wie Glocken in den Raum ...

Oh, lasst uns vor dem April fliehen! Wir sind nur Schwimmer in Meeren von Worten, wir Mitglieder von Komitees, und für das Lied des April gibt es keine Worte. Was wissen wir, und was weiß London, nach all den Jahren des Lernens?

Das alte Mütterchen London kauert da, das Gesicht in den Händen vergraben. Sie ist von ihren Nebeln und lauten Geräuschen eingemauert, und über ihrem Kopf sind die schweren Balken ihres dunklen Daches, und die ausgesperrte Sonne ist ihr Oberlicht, und die Winde, die bloß abscheuliche Luftzüge sind, brausen unter ihrer Tür hindurch. London weiß viel, und jeden Moment lernt sie etwas Neues, aber dies wird sie niemals lernen – dass die Sonne den ganzen Tag und der Mond die ganze Nacht auf die silbernen Ziegel ihres dunklen Hauses scheint und dass die jungen Monate ihre Mauern hinaufklettern und singend zwischen ihren Schornsteinen hin und her huschen ...

Nichts weiter geschah in diesem Zimmer. Zumindest nichts Wichtigeres als die gewöhnlichen Erscheinungen, die Magie begleiten. Die Lampe war mit einem Beben erloschen. Farbige Flammen tanzten um den Kopf Der Fremden. Man spürte die Erregung durch eine schnurrende Katze, die einem um die Knöchel streicht, man sah ihre grünen Augen funkeln. Aber diese Dinge zählten kaum.

Es war alles vorbei. Der Bürgermeister war zu hören, wie er mit den Fingern knackte und «Miez, miez» flüsterte. Die Lampe zündete sich selbst wieder an. Niemand hatte gewusst, dass sie so begabt war.

Der Bürgermeister sagte: «Großartig, Miss, ganz großartig. Auf der Bühne würden Sie ein Vermögen verdienen.» Seine Zunge schien allerdings von selbst zu sprechen, ohne Zutun des Bürgermeisters. Man konnte sehen, dass er aus seiner normalen gemischtwarenhändlerischen Ruhe gerissen worden war, denn seine fiebrige Hand streichelte eine Katze, wo keine Katze war.

Schwarze Katzen sind nur die prahlerischen Requisiten der Magie, die sich leicht und nach Belieben zum Erscheinen bringen lassen, sogar von Anfängern. Für ein solch gesittetes Tier wie die Katze muss es verwirrend sein, auf diese sprunghafte Weise zu existieren, sozusagen ohne je zu wissen, ob sie von einem Moment zum anderen da ist oder nicht da ist.

Das sechste Mitglied zog einen heftig zerbissenen Stift zwischen ihren Lippen hervor und sagte: «Nun, da Sie es erwähnen, denke ich, ich werde am Wochenende wieder dort hinfahren. Ich kann meine Ohrringe versetzen.»

Natürlich nahm niemand irgendwelche Notiz von ihr, dennoch war ihre Bemerkung auf gewisse Weise logisch. Denn jener singende Frühling, der einen Moment lang in das Zimmer eingedrungen war, hatte sie an sehr Vertrautes erinnert, und einige Sekunden lang hatte sie auf einem lieb gewordenen Hügel gestanden und zwischen Buchen hinab auf ein entferntes Tal geblickt wie auf ein gelobtes Land und in dem Tal einen hellen Fluss gesehen und eine dunkle Stadt – wie Milch und Honig.

Was Miss Ford anging, so war sie ziemlich bleich geworden. Obwohl das Rouleau sich nun selbst wieder heruntergerollt und den April ausgeblendet hatte, schaute Miss Ford weiterhin auf das Fenster. Aber sie räusperte sich und sagte heiser: «Würden Sie freundlicherweise meine Fragen beantworten? Ich hatte Sie gefragt, welches Gewerbe Sie ausüben.»

«Es ist allzu schröcklich, dass ich unterbreche», sagte Lady Arabel plötzlich. «Aber weißt du, Meta, ich habe das Gefühl, wir vergeuden die Zeit dieses Komitees. Diese junge Person braucht unsere Hilfe nicht.» Sie wandte sich Der Fremden zu und ergänzte: «Meine Liebe, ich schäme mich schröcklich. Sie müssen meinen Sohn Rrchüd treffen ... Mein Sohn Rrchüd weiß ...»

Sie brach in Tränen aus.

Die Fremde nahm ihre Hand.

«Ich würde Rrchüd furchtbar gern treffen und Sie besser kennenlernen», sagte sie. Sie wurde sehr rot. «Hören Sie, ich würde mich schrecklich freuen, wenn Sie mich Angela nennen.»

Das war nicht ihr Name, aber sie hatte bemerkt, dass man immer etwas in dieser Art sagt, wenn Menschen mütterlich werden und weinen.

Dann ging sie fort.

«Grundgütiger», sagte der Bürgermeister. «Ich hatte irgendwie nich erwartet, dass sie zur Tür hinausgehen würde. Schauen Sie – sie hat dort drüben in der Ecke irgendeine Art Gerät zurückgelassen.»

Es war ein Besen.

KAPITEL 2

Das Komitee erscheint bei der Magie

Ich nehme nicht an, dass Sie die Fäustlingsinsel kennen: Es ist ein schwer erreichbarer Ort. Mit dem Bus von Kensington aus muss man siebenmal umsteigen und mithilfe einer Fähre den Fluss überqueren. Auf der Fäustlingsinsel gibt es eine Mustersiedlung, die aus mehreren Hundert Häusern, zwei Kirchen und einem Laden besteht.

Es war das sechste Mitglied, welches nach der Komiteesitzung die Adresse auf dem Stielband des im Stich gelassenen Besens entdeckt hatte: Schöner Weg Nummer 100, Fäustlingsinsel, London.

Das sechste Mitglied war – obwohl sie in Komitees Mitglied war – weder eine echte Expertin auf dem Gebiet des Guttuns noch ein echter Fan davon. Ich denke, wir haben uns beim Guttun schlechte Angewohnheiten angeeignet. Wir versuchen, in Gruppen Gutes für das Individuum zu tun, während es, wenn etwas Gutes getan werden soll, wahrscheinlicher und eher im Einklang mit landläufiger Praxis ist, dass das Individuum Gutes für die Gruppe tut. Ohne das Lächeln eines Schatzmeisters können wir nicht unsere Geldbeutel öffnen; ohne die Zustimmung eines Vorsitzenden haben wir keinen Mut; ohne Protokoll haben wir keine Erinnerung. Es gibt kaum jemanden unter uns, der es wagen würde, einer jungen Fabrikarbeiterin, die Vom Weg Abgekommen ist, ein Nachthemd aus Baumwollflanell zu schenken, ohne ein Komitee zu haben, dem wir die Schuld geben können, sollte die junge Fabrikarbeiterin, bestärkt durch das Nachthemd aus Baumwollflanell, noch Weiter Vom Weg Abkommen.

Das sechste Mitglied war nur allzu schnell geneigt, ihr Vertrauen in Komitees zu setzen. Sich selbst vertraute sie überhaupt nicht, obwohl sie sich für eine ziemlich gute Person hielt, verglichen mit anderen Personen. Sie war vor zwei Jahren mit einem kleinen Schrankkoffer und vielen guten Vorsätzen als ihren einzigen Besitztümern nach London gekommen, und sie hatte die unvermeidliche Strafe für ihre Ernsthaftigkeit bezahlt. Es ist etwas Trauriges zu sehen, wie jemand, der von Natur aus vernünftig und rebellisch veranlagt ist, sich auf den flachen Pfad der Mildtätigkeit verirrt. Fröhliche, achtlose junge Menschen schreiten leichtgläubig zwischen den blumigen Rabatten dieses Pfads entlang; ihnen steigt die dünne Luft des schicksalsergebenen Danks, den die Bedürftigen ausatmen, zu Kopf wie Wein; Komitees lauern ihnen auf beiden Seiten auf; Herbergen und Siedlungen verlocken sie fatal dazu, ihre Reise nach jeder weiteren Meile zu unterbrechen; sie rennen frohlockend ihrem Verderben entgegen und werden, denke ich, schließlich keinen Ausweg mehr finden, erwählt zu ewigen Mitgliedern des Komitees, das um das gläserne Meer herum sitzt.

Das sechste Mitglied wurde durch eine gnädige Unfähigkeit ihres Naturells davor bewahrt, das Zentrum ihres Mildtätigkeitsstrudels zu erreichen. Ich glaube, sich im Zentrum zu befinden, bedeutet fast immer, weniger zu sehen. Die Mitte der Zielscheibe ist für gewöhnlich blind.

Was Sozialarbeit anging, war das sechste Mitglied ein Mensch, der mehr oder weniger tat, was ihm gesagt wurde, ohne es besonders gut zu machen. Was ganz zu Recht dazu führte, dass ihr all diejenigen Aufgaben überlassen wurden, die ein Komitee beschönigend «Organisatorische Aufgaben» nennt. Organisatorische Aufgaben bestehen darin, in Bussen zu sitzen, die abgelegene Viertel Londons ansteuern, und bei Menschen an der Tür zu klingeln, die fast immer gerade für vierzehn Tage verreist sind. Das sechste Mitglied war angewiesen worden, die Rückgabe des Besens an seine Besitzerin zu organisieren.

Vielleicht wäre es sinnvoller, das sechste Mitglied Sarah Brown zu nennen.

Die hinterbliebene Besitzerin des Besens wusch sich im Schönen Weg Nummer 100, Fäustlingsinsel, die Haare. Sie wusch sie hinter der Theke ihres Ladens. Sie war die Geschäftsführerin des einzigen Ladens auf der Fäustlingsinsel. Es war eine Gemischtwarenhandlung, die sich allerdings auf Waren wie Glückseligkeit und Magie spezialisiert hatte. Unglücklicherweise ist Glückseligkeit in Kriegszeiten schwer zu beschaffen. Manchmal stand draußen vor dem Laden eine ziemlich lange Schlange, wenn er aufmachte, und manchmal steckte draußen eine

Karte im Fenster, auf der es höflich hieß: «Tut mir leid, es hat keinen Zweck zu warten. Ich habe keine.» Natürlich verkaufte der Laden auch *Sunlight*-Kernseife, und mit ebendieser *Sunlight*-Kernseife wusch sich die Ladenbesitzerin die Haare, denn es war Sonntag, und dies war ein vergleichsweise günstiges Vergnügen. Sie hatte kein Geld. Sie hatte vorgehabt, nach dem Frühstück zu den Büroräumen ihres Arbeitgebers zu gehen, um etwas von dem Gehalt zu borgen, das ihr nächste Woche zustand. Aber dann stellte sie fest, dass sie ihren Besen irgendwo vergessen hatte. Harold – denn das war der Name des Besens – war im Allgemeinen sehr unabhängig und konnte allein den Weg nach Hause finden, aber wenn er verbummelt worden war und in fremden Händen zurückgelassen und insbesondere wenn freundlich gesinnte Fremde ihn zu Scotland Yard brachten, verlor er häufig den Kopf. Naiv, wie Sie sind, schlagen Sie vor, dass sich seine Besitzerin einen anderen Besen aus dem Lager hätte borgen können. Aber Sie haben keine Vorstellung davon, was für eine mühselige Aufgabe es ist, einen wilden Besen einzureiten, sodass er sich satteln lässt. Es dauert manchmal Tage und ist selbst in Kriegszeiten eine für Frauen nicht wirklich schickliche Arbeit. Oft sind die Bestien wild, und stets sind sie stur. Die Ladenbesitzerin konnte es sich nicht leisten, mit der U-Bahn in die City zu fahren, ganz zu schweigen von den Fährkosten, die ziemlich teuer und unberechenbar waren, da die Fähre nicht der Verwaltung der Grafschaft von London unterstand. Natürlich steht magischen Menschen generell ein Blitz zur Verfügung.

Aber in Kriegszeiten gilt es nicht nur als unpatriotisch, sondern auch als Unsitte, Blitze zu benutzen.

An einem Sonntag rechnete der Laden nicht mit Kunden, doch kaum hatte seine Geschäftsführerin ihren Kopf tief ins Waschbecken gehalten, trat jemand ein. Tropfend richtete sie sich auf.

«Ist Miss Thelma Bennett Watkins zu Hause?», fragte Sarah Brown nach einer Pause, während der sie sich wie so oft bemühte, sich daran zu erinnern, weswegen sie gekommen war.

«Nein», sagte die andere. «Aber nehmen Sie doch Platz. Wir sind uns gestern Abend begegnet, wie Sie sich vielleicht erinnern werden. Würde es Ihnen eventuell etwas ausmachen, mir einen Schilling und zwei Pence zu leihen, um uns zwei Koteletts zum Mittagessen zu kaufen? Ich habe eine zusätzliche Marke. Dosenlachs ist auf Lager, aber ich würde davon abraten.»

«Ich habe nur sieben Pence, gerade genug, um wieder nach Hause zu kommen», antwortete Sarah Brown. «Aber ich kann meine Ohrringe versetzen.»

Ich wage zu behaupten, dass Sie nie in so einer Situation waren und bemerkt hätten, dass es auf der Fäustlingsinsel kein Pfandleihhaus gibt. Die Bewohner von Mustersiedlungen haben stets gesicherte Einkommen und posieren als Lilien auf dem Felde. Ohne Bedauern setzten sich Sarah Brown und ihre Gastgeberin auf die Theke zu einem Mittagessen, das aus einer Orange bestand, die die Besucherin in ihrer Tasche gefunden und geteilt hatte, und zwei dünnen Kapitänskeksen aus dem Lager. Sie waren beide an sich verflüchtigende Visionen von unerreichbaren Koteletts gewöhnt, beide waren heiter vertraut mit dem Gefühl der leichten Tragödie, das einen gegen sechs Uhr abends überkommt, wenn man sich seit dem Frühstück keine Mahlzeit hat leisten können.

«Hören Sie mal», sagte Sarah Brown, als sie mit ihrem Taschenmesser in die Orange stach. «Würden es Ihnen etwas ausmachen, mir zu verraten ... Sind Sie eine Fee oder ein Schutzengel in geheimer Mission oder irgendetwas in der Art? Ich verspreche, ich werde es nicht aufzeichnen oder in der Akte notieren, obwohl ich ernsthaft versucht wäre, sollten Sie in irgendeiner Form übermenschlich sein.»

«Ich bin eine Hexe», sagte die Hexe.

Nun, Hexen und Zauberer sind, wie Sie vielleicht wissen, Menschen, die zum ersten Mal geboren werden. Ich nehme an, wir haben diese schöne Erfahrung alle durchlebt, wir müssen alle unsere Chance gehabt haben, Magie zu wirken. Aber für die meisten von uns ergab sich das am langweiligen Anbeginn der Zeiten, und wir vergeudeten unsere besten Zaubersprüche auf Plesiosaurier und Protoplasmen und Engel mit flammenden Schwertern, die sich alle selbst mit Magie auskannten und nicht beeindruckt waren. Hexen und Zauberer sind jetzt selten, obwohl nicht so selten, wie Sie denken. Da sie sich an nichts erinnern, wissen sie nichts und langweilen sich auch nicht. Sie müssen alles von Anfang an lernen, die Magie ausgenommen, was die einzige wirkliche Erbsünde ist. Für das magiebegabte Auge ist nur die Magie etwas Alltägliches, alles andere ist unbekannt, ungeahnt und ungehasst. Magische Menschen sind stets auffällig – so auffällig, dass wir altgediente Seelen sie selten verstehen können –, sie sind niemals subtil, und obwohl sie jung sind, sind sie niemals «modern». Sie können ihnen auf Ihre zynische Weise erzählen, dass heute der einzig wirkliche Tag ist und dass es nichts Unsagbareres gibt als Gestern – ausgenommen den Tag davor. Sie werden Ihre Cleverness sehr bewundern, aber im nächsten Moment wird die Hexe wegen Tennyson schluchzen und der Zauberer über die drolligen Einfälle von Sir Edwin Landseer lächeln. Man kann magische Menschen nicht wirklich mit gewöhnlichen Menschen vermischen. Sie und ich sind im Laufe unserer Tausenden von Leben zu einer derart schrecklich spitzfindigen Eminenz aufgestiegen. Zu unserer Zeit – zu unseren vielen Zeiten – haben wir alles nur Erdenkliche bewundert, und jetzt müssen wir auf das Unerdenkliche zurückgreifen. Wir stellen unsere Götzen auf den Kopf, denn es ist neuartiger, das zu tun, und wir denken, dass wir sie verkehrt herum lieber mögen. Wir reden in einem fort und torkeln alldieweil blindlings durch die Ewigkeit, und vielleicht, wenn wir Glück haben, verrutscht ein- oder zweimal in zwanzig Leben das Taschentuch, mit dem unsere Augen verbunden sind, und wir bekommen ein Auge frei und sehen Götter wie Bäume schreiten. Beim Jupiter, das verschafft uns genug Gesprächsstoff für zwei oder drei Leben! Hexen und Zauberer werden nicht geblendet dadurch, dass sie einen *Standpunkt* haben. Sie schauen bloß hin und sind enorm erstaunt und interessiert.

Alle Hexen und Zauberer werden auf seltsame Weise geboren und sterben gewaltsame Tode. Sie sind stets von alter, geheimnisvoller Abkunft, von Frauen, die häusliche Magie praktizierten und um derentwillen ihr Leben ließen, und von Männern, die andere Magie praktizierten bei hoffnungslosen Fällen und in Kriegen ohne Gewinner und fielen und starben, die Gesichter zwischen Blumen, immer noch erstaunt, immer noch interessiert. Nicht alle Männer, die so sterben, sind Zauberer, noch sind alle gemarterten und abenteuernden Frauen Hexen, aber alle von dieser Art bringen eine potenzielle Veranlagung für das Magische in ihre Abstammungslinie ein.

«Eine Hexe», sagte Sarah Brown. «Natürlich. Ich habe versucht, mich zu erinnern, woran mich Besen denken lassen. Eine Hexe, natürlich. Ich habe mir schon immer gewünscht, mit einer Hexe befreundet zu sein.»

Die Hexe war sich nicht bewusst, dass die korrekte Antwort darauf lautete: «Oh, meine Beste, *sehr* gerne! Wissen Sie, ich hatte mich von der ersten Minute an ziemlich in Sie *verguckt*!» Sie antwortete gar nicht, und Sarah Brown, die korrekter Antworten müde war, bedauerte es nicht. Nichtsdestoweniger wirkte die Pause ein wenig leer, also füllte sie sie selbst und sagte überkorrekt: «Natürlich glaube ich nicht, dass Freundschaft ein Selbstzweck ist. Nur ein Mittel zum Zweck.»

«Ich weiß nicht, was Sie meinen», sagte die Hexe, nachdem sie eine Minute lang gewissenhaft mit dieser Bemerkung gerungen hatte. «Verraten Sie mir ... Wissen Sie es selbst, oder sagen Sie es nur, um zu sehen, was es heißt?»

Sarah Brown machte das offensichtlich niedergeschlagen, und die Hexe fügte gütig hinzu: «Ich wette mit Ihnen um zwei Pence, dass Sie nicht wissen, was für ein Ort dies ist.»

«Ein Laden», sagte Sarah Brown, die auf der Theke saß.

«Es ist eine Art Mischung aus einem Stift und einem Kloster», erwiderte die Hexe. «Ich bin mit ihm von Amts wegen verbunden. Ich habe mich animieren lassen, die Verwaltung zu übernehmen, jedoch kann ich mich nicht entsinnen, was die korrekte Bezeichnung für mich ist. Nicht Animateurin, oder?»

«Administratorin oder Vorsteherin», schlug Sarah Brown missmutig vor.

«Administratorin, denke ich», sagte die Hexe. «Zumindest weiß ich, dass mich Peony Ministrone nennt. Leben Sie allein?»

«Ja.»

«Dann sollten Sie hier leben. Dies ist weltweit der einzige Ort seiner Art. Der Name dieses Hauses ist Alleinleben. Ich lese Ihnen den Prospekt vor.»

Sie fiel plötzlich auf die Knie und begann, mit einer Schublade zu kämpfen. Die Schublade war offenbar eine der vielen Nachkommen des Schwertes Excalibur – nur eine gesalbte Hand konnte sie herausziehen. Nach einiger Anstrengung bestand die Hexe diesen Test und holte ein Pergament hervor, das mit großen kindischen Druckbuchstaben in roter Tinte bedeckt war.

«Mein Arbeitgeber hat sich das ausgedacht», sagte die

Hexe. «Und der Fährmann hat es für uns aufgeschrieben.»

Dies ist der Prospekt:

Der Name dieses Hauses ist Alleinleben.
Es soll den Bedürfnissen jener dienen, die Hotels, Pensionen, Siedlungen, Herbergen, Fremdenheime und möblierte Unterkünfte nicht mögen, aber ein wenig mehr als ihr eigenes Zuhause; die Vermieterinnen hassen, Kellner, Ehemänner und Ehefrauen, Putzfrauen und alle Arten von Sichkümmernden. Dieses Haus ist ein Kloster und ein Stift für Mönche und Nonnen, die ihr Leben unbekannten Göttern geweiht haben. Männer und Frauen, die es satthaben, ihre Körper mühevoll zu pflegen; die gerne etwas unbequem und ziemlich vernachlässigt wohnen; die es lieben, wochenlang dahinzuleben, ohne ein Wort zu sprechen, außer mit Busschaffnern, um ihnen ihr Reiseziel anzuvertrauen; die wollene Innendekorationen und Schusterpalmen leid sind und die ewigen zwei Generationen von Rosen, die zwischen blauen Bändern auf Mietlingstapeten wuchern; die sich mit der Wissenschaft des Trinkgeldgebens und Dankens nicht auskennen; die nicht wissen, wie man kocht, aber es hassen, wenn man für sie kocht – sie werden hier das finden, was sie sich gewünscht haben, und noch etwas anderes dazu.
Es gibt sechs Kammern in diesem Haus und kein gemeinsames Wohnzimmer. Gäste, die miteinander

sprechen wollen, müssen das auf der Treppe tun oder im Laden. Jede Kammer hat geweißte Wände und ist ausgestattet mit einem niedrigen Kartenspieltisch, einem hölzernen Stuhl, einem harten Bett, einer Zinkwanne und einem kleinen unpraktischen Kamin. Kein Gast darf mehr ins Haus bringen, als er in einem großen Koffer wieder hinaustragen kann. Teppiche, Läufer, Spiegel und jedes einzelne Kleidungsstück, das mehr als drei Guineen kostet, sind verboten. Jeder Gast, dem nachgewiesen werden kann, dass er ein Taxi benutzt hat oder irgendwohin erster Klasse gereist ist oder Zigaretten oder Süßigkeiten gekauft hat, die pro hundert Stück mehr als drei Schillinge beziehungsweise pro Pfund mehr als achtzehn Pence kosten, oder der mehr als drei Schillinge und sechs Pence (Kriegssteuer inbegriffen) für einen Sitzplatz in irgendeiner Vergnügungsstätte bezahlt hat, wird augenblicklich hinausgeworfen. Hunde, Katzen, Goldfische und andere übermenschliche Gefährten sind erwünscht.

Erwerbstätige Gäste werden bevorzugt, aber wenn sie nicht im Dienst sind, müssen sie wenigstens achtzehn von vierundzwanzig Stunden ganz allein verbringen. Kein Gast darf andere bewirten oder bewirtet werden oder nur mit einer Sondererlaubnis, die von der Administratorin zu erhalten ist.

Im Hinterhof ist eine Pumpe. Es gibt kein Telefon, kein elektrisches Licht, kein Heißwassersystem, keine Bedienung und keinerlei modernen Komfort. Ge-

werbsleute dürfen nicht kommen. Für das Wohnen in diesem Haus wird kein Entgelt erhoben.

«Das klingt ja wirklich nach einem ungewöhnlichen Ort», gab Sarah Brown zu. «Ist das Haus immer voll?»

«Nie», sagte die Hexe. «Viele Leute können alles schlucken, aber nicht die letzte Klausel. Momentan haben wir einen Gast, und ihr Name ist Peony.»

Sie legte den Prospekt wieder in die Schublade zurück und versuchte, diese dann zu schließen. Während sie mit diesem krachenden Unterfangen beschäftigt war, bemerkte Sarah Brown, dass die Schublade voll jener papiernen Päckchen war, die sie am Tag zuvor im Besitz der Hexe gesehen hatte.

«Wozu gebrauchen Sie denn Ihre Magie?», fragte sie.

«Oh, für vieles. Hauptsächlich benutze ich sie als Zutat für Glückseligkeit, manchmal dazu, um Menschen zu erinnern, und manchmal dazu, sie vergessen zu lassen. Es scheint mir, dass manche Menschen das Glück eher tragisch nehmen.»

«Ich finde», sagte Sarah Brown ziemlich salbungsvoll, «dass ich mein Glück stets der Erde schulde, nie dem Himmel.»

«Was meinen Sie mit ‹Himmel›?», fragte die Hexe. «Ich weiß nichts vom Himmel. Als ich noch in der City gearbeitet habe, kaufte ich ein kleines Buch über den Himmel, das ich jeden Morgen in der U-Bahn las. Ich dachte, ich würde nun jeden Tag ein besserer Mensch werden. Aber ich konnte nicht erkennen, dass dem so war.»

Sarah Brown war verständlicherweise erstaunt, jemanden zu treffen, der nicht alles über den Himmel wusste. Aber sie strebte weiterhin ihre Vorstellung von Glückseligkeit an. Sarah Brown hatte vor, eines Tages ein Buch zu schreiben, so sie denn ein wirklich inspirierendes Schreibheft finden würde, in dem sie damit anfangen könnte. Sie hielt sich für gut darin, Ideen zu haben – arme Sarah Brown, sie musste einfach in Bezug auf irgendetwas selbstbewusst sein. Sie konnte sich nur im Privaten gut ausdrücken, denke ich, überhaupt nicht in der Öffentlichkeit – aber manchmal konnte sie über sich selbst sprechen.

«Der Himmel hat mir eine jämmerliche Gesundheit verliehen, mir aber nie genug Jugend beschert, um die Jämmerlichkeit abenteuerlich werden zu lassen», fuhr sie fort. «Der Himmel hat mir eine dünne Haut verliehen, mir aber nie die natürliche und tröstliche Zuwendung beschert. Der Himmel hatte wahrscheinlich vor, eine Adlige aus mir zu machen, indem er mich mit körperlichen Einschränkungen überkrustete, aber er sparte sich im letzten Moment den erforderlichen Adelstitel; in der Tat sparte er sich alle Entschädigungen. Aber glücklicherweise habe ich Entschädigungen gefunden; ich musste nur irgendetwas für mich finden. Männer und Frauen haben mir alles gegeben, was jemand wie ich erwarten konnte. Mir ist nie grundlose Feindseligkeit begegnet, nie Gemeinheit, nie irgendetwas Unerträglicheres als einfache Gleichgültigkeit – weder von einem Mann noch einer Frau. Ich bin, so kann ich behaupten, auf der ganzen Welt eine Last und eine Langweilerin; ich bin eine kranke und verdrießliche Fremde innerhalb der Pforten aller Menschen; ich bitte um viel und gebe nichts; ich bin niemandem eine Freundin. Niemand erwartet je irgendeine Gegenleistung von mir, jedoch wird mir auch nichts missgönnt. Wirtinnen, Polizisten, Revuetänzerinnen, Menschen am Rand der Gesellschaft, Prostituierte, die natürlichen Feinde, könnte man sagen, von einer wie mir, behandeln mich freundlich und geben mir oft mehr, als sie problemlos erübrigen können, zudem unterhalten sie mich und lenken mich ab ...»

«Ach, wie interessant und aufregend ich Sie finde», sagte die Hexe, deren Aufmerksamkeit offen gesprochen abgeschweift war. «Sie sind genau die Art von Mensch, die wir in diesem Haus haben wollen.»

«Aber – auch krank?», sagte Sarah Brown pessimistisch. «Ach, Hexe, ich bin für alle so anstrengend, weil ich permanent krank bin. Das Erste, was ich über eine neue Gastgeberin oder eine Vermieterin erfahre, ist stets die Farbe ihres Morgenmantels bei Kerzenschein oder ob sie überhaupt einen hat.»

«Krankheiten sind hier nie schlimm», sagte die Hexe. «Ich wette mit Ihnen um zwei Pence, dass ich etwas im Laden habe, das Sie gesund machen könnte. Drei Fingerbreit Glückseligkeit, pur und heiß, zur Nachtzeit ...»

«Aber, Hexe – oh, Hexe –, dies ist das Schlimmste von allem. Meine Ohren lassen mich im Stich – ich glaube, ich verliere mein Gehör ...»

«Sie können hören, was ich sage», sagte die Hexe.

«Ja, ich kann hören, was Sie sagen, aber wenn die meisten Leute reden, dann bin ich wie eine Gefangene – wie weggeschlossen. Und jeden Tag gibt es mehr und mehr verschlossene Türen zwischen mir und der Welt. Sie wissen nicht, wie schrecklich das ist.»

«Ach, na ja», sagte die Hexe, «solange Sie Magie hören können, findet sich auch ein Schlüssel zu Ihrem Gefängnis. Manchmal ist es besser, die anderen Dinge nicht zu hören. Sie sind der ideale Gast für das Haus Alleinleben.»

«Ich gehe los und hole David, meinen Hund, und Humphrey, meinen Koffer», sagte Sarah Brown.

In diesem Moment war ein Taxi zu hören, das auf der anderen Seite der Fähre ankam, und man hörte die Stimme des Fährmanns rufen: «Schon gut, schon gut, ich bin gleich da.»

«Ich hoffe, das ist nicht Peony in einem Taxi», sagte die Hexe. «Ich habe es so satt, Gäste hinauszuwerfen. Sie hat ihr Geld abgehoben, das könnte verlockend gewesen sein.»

Sie lauschten.

Sie hörten, wie jemand aus dem Fährschiff stieg und die Stimme von Miss Meta Mostyn Ford, die den Fährmann fragte: «Wissen Sie irgendetwas über eine junge Frau namens Watkins, die im Schönen Weg Nummer 100 wohnt ...»

«Nein, tut er nicht», rief die Hexe laut und öffnete die Ladentür. «Aber treten Sie doch ein. Wir sind uns gestern begegnet, wie Sie sich vielleicht erinnern werden. Ich werde den Fährmann bitten, ein halbes Dutzend Brötchen zu einem halben Penny das Stück zum Tee zu besorgen, wenn Sie so freundlich sein würden, mir drei Pence zu leihen. Wir backen nicht selbst.»

«Ich hatte bereits Tee, danke», sagte Miss Ford. «Ich komme gerade von einer kleinen Zusammenkunft mit Freunden auf der anderen Seite des Flusses, und ich dachte, ich komme auf dem Nachhauseweg hier vorbei. Ich hatte Ihre Adresse notiert ...»

Sie fuhr zusammen, als sie hereintrat und Sarah Brown erblickte, und fügte mit ihrer Komiteestimme hinzu: «Ich hatte Ihre Adresse notiert, denn es kümmert mich nicht, wie viel Mühe ich auf mich nehme, wenn ich einem vielversprechenden Fall nachgehe.»

Sarah Brown hatte, sobald sie die bissige Stimme gehört hatte, die Nerven verloren und versucht, sich unter der Theke zu verstecken. Aber die Keksdosen weigerten sich, Platz zu machen, also richtete sie sich auf und lächelte höflich.

«Wie nett, dass Sie zu einer kleinen Zusammenkunft von Freunden gegangen sind», sagte die Hexe, die offensichtlich versuchte, sich wie ein echter Mensch zu verhalten. «Ich mache das nie, nur ab und an aus Versehen. Und selbst dann bleibe ich nur, wenn es grasige Sandwiches zu essen gibt. Einmal gab es grasige Sandwiches vermischt mit Bröckchen von hart gekochten Eiern, und da bin ich zum Abendessen geblieben. Wie ich sehe, hatten Sie kein solches Glück, denn sonst würden Sie zufriedener aussehen.»

«Ich gehe nicht wegen des Essens zu meinen Freunden, sondern wegen ihrer Ideen», sagte Miss Ford.

Sarah Brown war dabei, in Richtung der Tür zu gleiten.

«Oh, gehen Sie nicht», sagte die Hexe, die über keinerlei Taktgefühl verfügte. «Ich habe Harold den Besen wegen Ihres Hundes David und Ihres Koffers Humphrey losgeschickt. Er ist ein hervorragender Einpacker und sehr reinlich, sowohl was seine Person als auch seine Arbeit betrifft. Bitte, bitte gehen Sie nicht. Wissen Sie, ich lebe in ständiger Furcht davor, mit einer cleveren Person allein gelassen zu werden.»

«In diesem Fall muss ich mich für mein Eindringen entschuldigen», sagte Miss Ford würdevoll. «Ich wiederhole mich, aber ich bin nur gekommen, weil ich gesehen habe, dass Ihr Fall ein außergewöhnlicher ist.»

Es herrschte eine sehr lange Stille in der heraufziehenden Dämmerung. Durch die Glastür war schon der Mond zu sehen, wie er aufging und dabei energisch das Dickicht des vollgedrängten Himmels beiseiteschob. Ein Sprung in der Ecke des Glases leuchtete auf und sah aus wie ein kleiner Blitzzweig, der aus einem vorbeiziehenden Gewitter herausgepflückt und in dem Glas aufbewahrt worden war.

Miss Ford fing plötzlich an, sehr schnell und wirr zu sprechen. Jede geistig gesunde Zuhörerin hätte gewusst, dass sie unabsichtlich sprach, dass sie von einem auf peinliche Weise anti-Ford-gestimmten Geist besessen war und dass nichts, was sie auf diese Art als Zwischenbemerkung äußern mochte, später zu ihrem Nachteil erinnert werden sollte.

«Oh Gott», sagte Miss Ford, «Ich bin gekommen, weil

ich hungrig bin, hungrig auf das, wovon Sie letzte Nacht im Dunkeln gesprochen haben ... Sie sprachen von einem Aprilmeer – ein Zischen von Zimbeln war der Ausdruck, den Sie benutzten, nicht? Sie sprachen von einer Küste aus braunen Diamanten, flach neben dem aufgewühlten Meer ... und weißen Sandhügeln unter einem dünnen Schleier von Gras ... und Tamarisken, die alle in eine Richtung geweht werden ...»

«Und?», sagte die Hexe.

«Und ...» Miss Ford stockte. «Ich glaube, ich bin hergekommen, um Sie zu fragen ... ob Sie eine nette Unterkunft dort kennen ... schlichtes, wohltuendes Bad ... anständige Küche, warm und kalt ...»

Ihre Stimme verhallte auf mitleiderregende Weise.

Ein Schmettern erklang, als plötzlich die Tür aufsprang und ein Hund und ein Koffer von einem forschen Besen hereingefegt wurden.

«Es tut mir so leid, Miss Watkins», sagte Miss Ford in steifem Ton. Ihr Gesicht war scharlachrot – wieder gefasst und formell, aber scharlachrot. «Es tut mir so leid, falls ich Unsinn geredet habe. Ich bin ziemlich ausgelaugt, denke ich, zu viel Arbeit, vier wichtige Treffen gestern. Ich denke manchmal, ich werde zusammenbrechen. Ich habe derart besorgniserregende Nervengewitter.»

Nervös sah sie Sarah Brown an. Es ist immer lästig, im Privatleben auf Komiteekolleginnen zu treffen, insbesondere wenn man zu Nervengewittern aufgelegt ist. Leute können ja in philanthropischer Hinsicht vortrefflich sein, jedoch als Gesellschaft unmöglich.

Aber Sarah Brown hatte sehr wenig gehört. Sie fand Miss Fords Stimme immer schwierig. Sie hockte auf den Knien und fragte ihren Hund David, wie es sich angefühlt hatte herzukommen. Aber David war noch immer zu benommen, um viel zu sagen.

«Sie dürfen nicht glauben», sagte Miss Ford, «dass ich, weil ich praktische Arbeit leiste, kein Verständnis für die Inneren Sinne hätte. Im Gegenteil habe ich vielleicht schon zu viel meiner Zeit auf spirituelle Angelegenheiten verschwendet. Deshalb habe ich auch ein sehr persönliches und besonderes Interesse an Ihrem Fall. Ich hatte einen engen Freund, nun leider Gottes im Schützengraben, der gewisse Kräfte besaß. Er kam gewöhnlich zu meinen Mittwochen – zumindest lud ich ihn gewöhnlich ein zu kommen, aber er war so verträumt wie Sie und verwechselte ständig das Datum. Er hat mir enorm geholfen, und ich vermisse ihn ... Nun, die wahrhaftigste Wohltätigkeit sollte alles andere als förmlich sein, denke ich, und ich habe sofort gesehen, dass Ihr Fall außergewöhnlich war und dass auch Sie eine Okkult...»

«Was meinen Sie mit ‹okkult›?», fragte die Hexe. «Meinen Sie einfach, sich mit Magie auszukennen?»

«Eine seltsame Mischung», sinnierte Miss Ford unsicher. Es ist schlechterdings unmöglich, laut zu sinnieren und sich dabei seiner selbst sicher zu sein. «Eine seltsame und ziemlich interessante Mischung aus Einfalt und gewissen Kräften. Die Frage ist – Kräfte in welchem Ausmaß? Miss Watkins, ich möchte, dass Sie zu einem meiner Mittwoche kommen, um ein oder zwei Leute zu treffen, die Ihnen möglicherweise zu einem Job verhelfen können – Vortragstätigkeiten, Sie wissen schon. Vorträge zu Hypnotismus und Spiritualismus – mit praktischen Experimenten – sind immer gefragt. Sie besitzen sicherlich gewisse Kräfte, Sie haben nur ein bisschen Werbung nötig, um vielen Menschen eine wirkliche Hilfe zu sein.»

«Was meinen Sie mit ‹Werbung›?», fragte die Hexe. «Dieser neue Gag mit der Werbung ist eines der Probleme, die meinen Kopf ermüden. Überhaupt beunruhigen mich Probleme furchtbar. Die Welt scheint heutzutage von Plakaten beherrscht zu werden. Die Leute suchen auf den Plakatwänden nach Hinweisen auf ihre Pflichten. Warum kleben wir nicht einfach die Zehn Gebote an alle Wände und alle Busse und fertig?»

«Nun hören Sie doch, Miss Watkins», beharrte Miss Ford. «Ich möchte Sie Bernard Tovey vorstellen, dem Maler, und Ivy MacBee, die den Klub der Ambitionen begründet hat, und Frere, dem Herausgeber von *Ich frage mich*, und mehreren anderen meiner regulären Mittwochsfreunde, die alle am Okkulten Interesse haben. Es wäre eine echte Chance für Sie.»

«Ich fürchte, Sie werden sehr wütend auf mich sein», sagte die Hexe sogleich mit hohl klingender Stimme. «Falls ich letzte Nacht okkult war – tut es mir furchtbar leid, aber das muss ein Zufall gewesen sein. Ich scheine gestern Abend so viel gesagt zu haben, ohne es zu bemerken. Ich fürchte, ich habe etwas angegeben.» Die beißenden Tränen der Beichte standen ihr in den Augen, aber sie wechselte das Thema und fragte: «Leben Sie allein?»

«Ja, allerdings», sagte Miss Ford. «Meine Freunde bezeichnen mich als vollkommene Eremitin. Ich habe fast nie Besucher in meinem Gästezimmer; Besuch bedeutet so viel Arbeit für meine drei Dienstmädchen.»

«Ich schätze, Sie würden sich ungern von Ihren drei Dienstmädchen trennen und herkommen, um hier zu wohnen», meinte die Hexe. «Natürlich könnte ich Sie von den Nervengewittern heilen, von denen Sie sprachen. Oder besser gesagt, ich könnte Ihnen dabei helfen, ständig Nervengewitter zu haben, ohne jedes träge Erwachsensein zwischendurch. Dann würden Sie die Nervengewitter nicht bemerken. Dieses Haus ist eine Art Kombination aus Pflegeheim und College. Ich lese Ihnen den Prospekt vor.»

«Sehr unterhaltsam», sagte Miss Ford, nachdem sie eine Minute lang darauf gewartet hatte, ob noch mehr in dem Prospekt stand. Sie hatte sich wieder ganz erholt und den forschen, scharfsinnigen Gesichtsausdruck aufgesetzt, der sie dazu verleitete, einen Sinn für Humor für sich zu beanspruchen. «Aber warum all diese unangenehmen Regeln? Und warum diese Ablehnung von sozialem Umgang? Ich fürchte, die durchschnittliche Person der Sorte, die Sie hier im Auge haben, erkennt die Pflicht zum sozialen Umgang nicht an.»

«Dieses Haus», erwiderte die Hexe, «hat Menschen im Auge, die außerhalb allen Durchschnitts existieren. Der Fährmann meint, dass Menschen, die sich damit zufriedengeben, durchschnittlich zu sein, das Niveau allgemein absenken. Ich wünschte, Sie könnten Peony kennenlernen, die bis jetzt der einzige Gast ist, aber sie ist ausgegangen, und sie könnte ein ganz kleines bisschen betrunken sein, wenn sie wieder eintrifft. Sie ist los, um ihr Geld abzuheben.»

«Was für ein Geld?», fragte Miss Ford, die stets an den Einkommensquellen der Armen interessiert war.

«Soldatenbezüge. Unverheiratete Ehefrau.»

Miss Fords Gesichtsausdruck wischte diese knappe, missliche Äußerung taktvoll von der Gesprächsoberfläche. «Und wie sorgen Sie dafür, dass sich Ihre Pension auszahlt», fragte sie, «wenn für das Wohnen kein Entgelt erhoben wird?»

«Was meinen Sie mit ‹auszahlt›?», fragte die Hexe. «Wen auszahlt? Und womit? Schauen Sie, wenn Sie herkommen und hier leben wollen, dann sollen Sie jede Woche auf der Treppe einen kleinen Mittwoch haben – mit meiner Sondererlaubnis. Harold der Besen neigt dazu, sich vor dem Reinigen der Treppe zu drücken, aber wie es der Zufall will, verkehrt er mit einer Miss O-Cedar-Mopp in Kentish Town, und ich habe keinen Zweifel daran, dass sie jeden Dienstagabend vorbeikommen und die Treppe gründlich sauber machen würde. Überdies haben wir Overalls am Lager, die nur zwei Schillinge, elf Pence und drei ...»

«Oh, ich mag Ihr heiteres Gemüt», sagte Miss Ford und lachte herzlich. «Sie müssen daran denken, so zu reden, wenn Sie zu meinen Mittwochen kommen. Die meisten meiner Freunde sind rückhaltlose Sozialisten und glauben daran, dass die Kluft zwischen einer Klasse und der anderen so weit wie möglich überbrückt werden sollte, also brauchen Sie sich nicht schüchtern oder unbehaglich zu fühlen.»

Noch einmal war das Geplätscher des Fährboots zu hören, und dann bebte der Laden ein wenig, als ein Fuß schwer auf die Anlegestelle trat. Man hörte den Fährmann sagen: «Ich kenne niemanden dieses Namens, aber ich glaube, die junge Frau im Laden kann Ihnen helfen.»

Lady Arabel Higgins betrat den Laden.

«Was, Meta, du hier? Und Sarah Brown? Was für ein allzu schröcklich merkwürdiger Zufall. Nun, Angela, Teure, ich hatte mir gestern Ihre Adresse notiert und habe dann die Notiz verloren – sieht mir allzu schröcklich ähnlich. Also habe ich den Bürgermeister angerufen, und er sagte, er habe sich ebenfalls eine Notiz gemacht, und er würde kommen und mir den Weg zeigen. Aber ich habe nicht auf ihn gewartet. Ich wollte mit Ihnen reden über ...»

«Also, ich muss wirklich los», unterbrach Sarah Brown. «Ich flitze nur kurz rüber ins Brown-Viertel und suche mir ein Pfandleihhaus, weil ich hungrig bin.»

«Um meinetwillen muss niemand gehen», sagte Lady Arabel. «Ihr habt alle gehört, was Angela letzte Nacht im Dunkeln in ihrer kleinen Ansprache an das Komitee gesagt hat. Ich weiß nicht, warum sie ihre Bemerkungen speziell an mich richtete, aber da sie es tat, ist die Angelegenheit kein Geheimnis. Natürlich, ganz am Anfang schien es mir allzu schröcklich, dass irgendjemand davon wissen oder darüber reden sollte. Ich kann nicht verstehen, woher Sie es wussten, Angela; ich versuche, es nicht zu verstehen ...»

Sie nahm einen dünnen Kapitänskeks und biss zerstreut hinein. Er bebte in ihrer Hand wie ein Blatt.

«Ja, es ist wahr, dass Rrchüd nicht wie die Jungen von anderen Müttern ist. Du weißt es, Meta. Angela weiß es offensichtlich, und zumindest seit gestern weiß ich, dass ich es auch weiß. Er kann nicht lesen oder schreiben – ich wusste in meinem Inneren stets, dass mein alter, abgenutzter Spruch, ‹Wir können eben nicht alle literarische Genies sein›, in diesem Fall nicht zutraf. Die Art, wie er verschwindet und es nie erklärt ... Wissen Sie, ich habe ihn nur einmal mit anderen Jungen gesehen, ihn das Gleiche wie andere Jungen tun sehen, und das war, als ich ihn mit Hunderten von echten Jungen marschieren sah ... 1914 ... Es war der glücklichste Tag, den ich je erlebt habe, ich dachte schließlich doch, dass ich einen echten Jungen geboren hatte. Nun, dann konnte er, wie Sie wissen, keine Stellung als Offizier bekommen, er konnte nicht einmal sein Rangabzeichen bekommen, der arme Liebling. Er ist zweimal desertiert – reine Geistesabwesenheit –, es war von Kindesbeinen an immer das Gleiche. ‹Ich wollte mehr sehen›, pflegte er zu sagen, und natürlich war es noch schlimmer im Schützengraben. Na, Sie wissen das alles, Angela, Teure – gut, vielleicht nicht ganz alles. Ich würde Ihnen gern erzählen – denn Sie sagten das über die Herrlichkeit, die Mutter von Rrchüd zu sein ...

Pinehurst – mein Ehemann, er ist Arzt, wissen Sie –

hatte dieselbe Leidenschaft dafür, mehr zu sehen. In London war er häufig krank. Ich sagte, es läge am Asthma, aber er sagte, es läge daran, dass er nicht weit genug sehen könne. Für Rrchüds Geburt waren wir in Amerika, und Pinehurst bestand darauf, gen Westen zu ziehen. Ich hatte vorsichtshalber eine gute Krankenschwester dabei. Pinehurst sagte, der Osten sei voller kleiner Hindernisse, und die Augen der Menschen hätten alle Geheimnisse aus dem Horizont gezogen, sagte er. Ich mag Cape Cod, aber er sagte, da sei immer eine Mauer aus Meer rings um jene flachen, nassen Orte. Wir wohnten im Gästezimmer eines Schmieds in der Wüste von Wyoming, aber sogar dieser Horizont erschien ein wenig höher als wir, und eines klaren Tages sahen wir etwas in einem rosafarbenen Sonnenaufgang, das vielleicht ein Traum war, meine Lieben, oder vielleicht waren es die Rockies. Pinehurst konnte das nicht ertragen, wir drangen weiter nach Westen vor – so uhnangenehm. In einer leichten Kutsche, die uns ein Goldminenschürfer geliehen hatte, erklommen wir auf einem kleinen schmalen Weg einen Berg. Oh, gewiss wirst du uns für verrückt halten, Meta, aber weißt du, wir fanden tatsächlich den Rand der Welt, einen Ort ohne Horizont; wir blickten durch windzerzauste Kiefern und sahen über die Schultern großartiger, alter veilchenfarbener Berge – wir sahen direkt in die endlosen Sterne hinab ... Da war ein Turm aus Felsen – rosenrote Felsen in stufenförmigen Schichten –, tagsüber sonnig heiß, meine Lieben, und nachts ein großartiger Schutz. Wisst ihr, die kleinen dunklen Wolken schreiten bei Sonnenuntergang allein über die Berggipfel – wie Sie gesagt haben, Angela –, sie sind wie Bäume und manchmal wie Gesichter und manchmal wie die Schatten kleiner gebeugter Menschen des fahrenden Volkes ... Ich sah früher die Berge an und dachte: ‹Was macht mich eigentlich aus, dass ich so besorgt bin und mich so klein fühle angesichts eines solch riesigen Ansturms aus Bergen unter einem goldenen Himmel?› Ich denke nachts oft an jene Felsen, die noch immer da stehen, genau so, wie wir sie zurückgelassen haben, ganz allein unter diesem unnatürlichen Mond – der Mond war unnatürlich dort am Rand der Welt –, ganz allein, ohne beobachtende Augen, die sie verunstalten könnten, wie Pinehurst zu sagen pflegte, nicht einmal die eigenen Augen ...

Du wirst sagen, dieses Abenteuer – mein einziges Abenteuer – war unmöglich, Meta. Ja, das war es. Rrchüd war ein unmöglicher Junge, geboren an einem unmöglichen Tag, an einem unmöglichen Ort. Ach, mein armer Rrchüd ... Meine Lieben, ich rede schröcklichen Unsinn. Wir waren verrückt. Ihr müsstet Pinehurst kennen, um es wirklich zu verstehen. Ach, wir werden unseren Berg nie wiederfinden können. Ich werde Pinehurst nie vergeben können ...»

«Sie werden es Pinehurst nie vergelten können», sagte die Hexe.

Lady Arabel schien nicht zuzuhören. Lange Zeit war nichts zu vernehmen außer Sarah Brown, die ihrem Hund David etwas zumurmelte. Sie müssen sie entschuldigen und sich daran erinnern, dass sie ganz und gar allein lebte.

Sie war in ihrem Selbst eingeschlossen, und das einzige vergitterte Fenster in der Mauer ihres Gefängnisses gewährte lediglich einen Ausblick auf den Hund David.

Schließlich sagte Rrchüds Mutter: «Eigentlich bin ich gekommen, um Ihnen mitzuteilen, dass Rrchüd letzte Nacht unerwartet auf Urlaub zurückgekehrt ist. Natürlich müssen Sie ihn treffen ...»

«Rrchüd zu Hause!», schrie Miss Ford auf. «Wie außergewöhnlich! Ich habe Miss Watkins gerade von seinen Kräften erzählt und davon, wie sehr sie mich an ihn erinnert. Sag ihm doch, er soll sich den Mittwochnachmittag frei halten.»

Lady Arabel überhörte Miss Ford aus Versehen und sagte zu der Hexe: «Werden Sie am Dienstag zum Tee oder Abendessen kommen?»

«Abendessen, bitte», sagte die Hexe sofort. Taktgefühl, ich wiederhole es, war ihr fremd, und daher fügte sie hinzu: «Ich werde Sarah Brown auch mitbringen. Ich wette mit Ihnen um zwei Pence, dass sie seit Tagen keine anständige Mahlzeit gegessen hat.»

Und dann traf der Bürgermeister ein. Die Hexe erkannte augenblicklich, dass es zwischen ihm und ihr eine Art geheimes Einvernehmen gab, das sie nicht verstand. Ihre magischen Eskapaden brachten sie oft in solch eine Lage. Gleichwohl zwinkerte sie hoffnungsvoll zurück. Aber sie war keine geschickte Zwinkerin. Alle – sogar der Hund David – sahen, wie sie es tat, und Miss Ford schaute ein wenig beleidigt.

KAPITEL 3
Der ewige Junge

Die Fäustlingsinsel ist ein Ort des schönen Wetters, ihre Luft ist stets wie Buntglas zwischen einem selbst und der Vollkommenheit. Stets wird man in den fröhlichen Gepflogenheiten der Fäustlingsinsel die Zuversicht vorfinden, dass das Schlimmste überstanden ist und dass sogar das Schlimmste gar nicht so arg gewesen ist. Man kann es sich leisten, sich an den Winter zu erinnern, denn sogar der Winter war schön; man kann in der Sonne lächeln und an die graue Flut denken, die die Insel gewöhnlich während ihrer akuten Schneekrisen überzog, und es scheint, als ob die Freude den Stürmen stets geschwind hinterherliefe, Freude, die mit der Sonne durch ein hohes Fenster in einer Wolke blickt. Sogar der miserabelste Vorhang eines Wintertages wurde stets bei Sonnenuntergang gelüftet; sein gerader Rand hob sich langsam und offenbarte einen lodernden Raum und die dramatischen Gestalten der beiden Inselkirchen, frohlockende und unsterbliche Märtyrer inmitten von Flammen.

Es ist ein Ort des schönen Wetters, und dies ist ein Buch des schönen Wetters, ein Buch, das im Frühling geschrieben wurde. Ich werde mich nicht an den Winter und den Regen erinnern. Es war der Frühling, der Sarah Brown auf die Fäustlingsinsel brachte, und der Frühling, der ihr zum ersten Mal die Magie zeigte. Es war der Frühling, der sie an ihrem ersten Morgen im Haus Alleinleben aufweckte.

Sie wachte auf, weil es draußen so schön war und weil ein schöner Tag anbrach. Man konnte den Tag sehen, wie er sich im Geheimen hinter einem leuchtenden Nebelschleier vorbereitete. Sie hörte den Klang atemlosen Singens und das Peitschen von aufgewühltem Gras im Garten, den Klang von jemandem, der unsäglich glücklich war – und tanzte. Nun, vor sieben Uhr morgens ist außer der Magie draußen kaum etwas unterwegs. Nur jene, die der Magie anhängen, kriegen gern nasse Füße und mögen es, auf leeren Magen über alle Maßen glücklich zu sein.

Sarah Brown ging zu ihrem Fenster. Neugeborene, zitternde Rauchdiagonalen stiegen von den Häusern der Insel auf. Der Himmel war von jener stillen Beschaffenheit, die unverändert einen halben Tag lang bestehen kann. Ein Garten von nicht wenigen Yards lag hinter dem Haus; er enthielt weder Kartoffeln noch irgendetwas Nützliches, nur langes, sehr grünes Gras und einen Maibaum und eine tanzende Hexe. Die erstaunliche Musik, zu der sie tanzte, bestand teils aus dem Geschrei eines benachbarten Esels und teils aus ihrem eigenen, immer wieder ein- und aussetzenden Gesang. Wie Sie sich vorstellen können, tanzte sie auf eine nicht im Entferntesten erwachsene Weise, eher wie ein Baby, das sich eine neue, lustige Art ausgedacht hat, seine Oma zu ärgern; und sie sang auch wie ein Kind, das ungewollt laut und unmelodisch zu singen anfängt, weil es Morgen ist, aber noch zu früh, um aufzustehen. Ein wenig Promenieren mit der Stimme, ein wenig Promenieren mit den Füßen ... Der Maibaum in der Mitte des Gartens schien ihr Partner zu sein. Ein kleiner Fleck bewegte sich an dem karierten Stamm hinauf und hinunter, und das war der Schatten eines grauen Eichhörnchens, das dem Tanzen zusah. Das Eichhörnchen trug den gleichen Pelz, wie ihn eine junge Dame trägt, nicht teurer als zweieinhalb Guineen, und manchmal schaute es mit geneigtem Kopf auf die Hexe, manchmal vergrub es sein Gesicht in den Händen und saß von heimlichem Lachen geschüttelt eine Weile so da. Gewiss hatte das Tanzen der Hexe eher etwas Lustiges als Schönes an sich. Sie lachte selbst die meiste Zeit. Sie trug einen Regenmantel, was an sich schon ziemlich lustig war, aber ihre Füße waren nackt.

Eine Stimme platzte dazwischen: «Alle Achtung, Genossin.»

Es war Sarah Browns Mitbewohnerin, die sich aus ihrem Fenster lehnte.

Das Eichhörnchen wirbelte höher am Maibaum hinauf.

Die Freude an dem Moment zerbrach wie eine Eierschale. Sarah Brown wandte sich wieder ihrem Bett zu. Es war zu früh, um aufzustehen. Es war zu spät, um wieder einzuschlafen. Sie wusste, falls sie sich noch einmal hinlegen sollte, würde Eunice, ihre Wärmflasche, wie eine kalte Schlange da liegen, um ihre Füße zu erschrecken. Außerdem schlief der Hund David mitten auf der Tagesdecke, und sie war eine zu gute Mutter, um ihn aufzuwecken. Es gibt vieles, was man tun kann, wenn man zufällig zu früh wach ist. Man sagt, manche Leute richten sich auf und stopfen ihre Socken, aber ich beziehe mich jetzt auf gewöhnliche Menschen, nicht auf Engel. Ganz und gar einfallslose Menschen sind darauf angewiesen, die Ein-Penny-Briefmarken auf der Post von gestern zu lesen. Eine Ein-Penny-Briefmarke enthält eine Menge Stoff zum Nachdenken, aber nichts wirklich Erbauliches. Manche Leute, die ich kenne, nutzen diese morgendliche Muße, um ihre Gewissen blank zu scheuern, womit sie auf genügsame Weise Platz machen für die Sünden des kommenden Tages. Aber Sarah Browns Gewissen war furchtbar empfänglich, fast magnetisch; stets lagen kleine Sünden wie Rußflocken aufgehäuft darauf. Ich denke, jede Minute, die sie durchlebte, enthielt einige Sekunden, die sie bedauerte – wobei sie nie die Entschädigungen genoss, die mit einer wirklich stattlichen Sünde verbunden sind. Ihr Gewissen wäre also ein Fall für einen Bimsstein gewesen, und wenn sie glücklich war, versuchte sie stets, es zu vergessen. Jedoch mangelte es ihr nicht an vielen winzigen und unwesentlichen Quellen für schlaflose Momente. Oft schrieb sie schwammige Kommentare zu Angelegenheiten, mit denen sie sich nicht auskannte, in ein Übungsheft, das irgendwann unauffindbar war. Sie pflegte aus ihren teuren und unaussprechbaren Träumen voller Hoffnung aufzuwachen und sich Geschichten über sich selbst zu erzählen, wobei sie verschiedene Leben und verschiedene Tode wie Kleidungsstücke anprobierte. Das Endergebnis war immer so unwahrscheinlich, dass es nicht wert war, auch nur darüber zu lachen.

Heute hatte sie dabei zugesehen, wie Magie in einem Regenmantel tanzte, und sie war ratlos.

Es klopfte an ihrer Tür, und eine Stimme erklang. «Hi, Frechling, könntste mir 'n Gefallen tun und mir 'n paar halbe Pence fürn Milchmann leih'n. Ich hab nich ma 'ne Bohne in meine Börse.»

«Ich auch nicht», sagte Sarah Brown, als sie die Tür öffnete. «Aber ich kann zum Pfand ...»

«Hey, nu mach ma halblang, Schubsnuss», sagte die Mitbewohnerin. «Das is – mehr oder wenicher – 'n schickliches Haus, und du gehst in dein Schlafzeuch nirgenshin, um nix zu verpfänd'n. Ich schulds dem Milchmann halt wieder. Wobei ich 'n vielleicht doch besser zahl'n sollt. Ich hab gestern mein Geld zahlt kricht, nur hat ich dacht, dass ich's fürn Elbert wechtun sollt.»

«Bist du Peony, die andere Bewohnerin?»

«So isses, Schätzchen.»

Peony befand sich nicht mehr in der ersten Blüte ihrer Jugend, genau genommen befand sie sich gut und gern in der zweiten. Ihre Stimme war so herrlich, dass sie einen fast schüchtern werden ließ, aber wie sie sprach, ging ganz in die entgegengesetzte Richtung, was eine beruhigende Wirkung hatte. Sie hatte schöne, vollkommen graue Augen und dunkles Haar, das in der Mitte gescheitelt und derart nach unten gezogen war, dass ein dreieckiges Gesicht entstand, welches, wenn es sich selbst überlassen worden wäre, viereckig gewesen wäre. Ihre Zähne verschandelten sie; die Lücken zwischen ihnen sahen aus wie die vorderste Reihe im Parkett während der ersten

Szene einer Revue oder der letzten Szene eines Stücks von Shakspere. Insgesamt sah sie aus wie das Entlein aus der Geschichte, das sich heiter und gelassen einer verborgenen Schwanenschaft bewusst ist. Selbst in Ruhe verströmte sie eine unnatürliche Energie und lebte, als ob immer ein Taxi vor der Tür auf sie wartete.

«Wer ist Elbert?», fragte Sarah Brown und wünschte sich sofort, sie hätte die Frage nicht gestellt, denn selbst ohne Peonys Erröten hätte sie es erraten sollen.

«Momentchen, Kind, bis ich 'n Milchmann los bin. Komm, setz dich auf de Stufen, und ich verzähl dir 'ne Geschichte. Ich verzähl de Geschichte irre gern.»

Harold der Besen war dabei, halbherzig die Treppe zu kehren. Anfangs, als er sich bewusst wurde, dass man ihn beobachtete, arbeitete er mehr, aber als er sah, dass sie vorhatten, dort auf der obersten Stufe zu bleiben, nahm er dies zum Vorwand, träge zu verschwinden, wobei er auf mehreren der unteren Stufen kleine Häufchen Staub zurückließ.

«Ich bin Elbert zum ersten Mal begechnet, als ich ungefähr acht'nzwanzich war», sagte Peony, als Sarah Brown in einem ziemlich schrillen Morgenmantel neben ihr auf der Treppe Platz genommen hatte. «Elbert war 'n Ideal von Kind, und ich – nich der Rede wert. Nich mehr als 'n Klumpen Modder, wie ich immer sach. Mein ganzes Leben – glaubstes, Genossin – hab ich im Modder g'lebt – und immer 'n Auge auf 'n Mond g'habt, sozusachn. Ich hab den ganzen Tach inner Fabrik g'arbeitet und sozusachn Modder g'macht, für moddriche Juden, und jeden Samstachabend hab ich Modder im Wert von zwölf Schilling auf de Hand kricht, um mich inner Modderstadt über Wasser zu halt'n bis zum Samstach drauf. Aber inner Nacht gabs 'n Mond oder aber de Sterne oder aber 'n Sonnuntergang und jedenfalls all de Luft dazwischen. Ich hat 'n Zimmer nach hintenraus, hoch oben, und nachts hab ich immer dag'essen und hab g'atmet und auf 'n Himmel g'schaut. Glaub mir, Schätzchen, ich war ganz verrückt nachm Atmen – das war mein einziches Vergnüchen, sozusachn. Bei Gott, es is 'n ordentliches Wunder, wie der Himmel und de Luft überm Modder fortbesteh'n und wie wir's anguck'n und 's atmen und am Ende nie keine Miete nich für zahl'n. Überlecht man sichs genau, wird nie 'n Penny eingeworf'n fürs Mondlicht, und doch dauerts alles fort.

Nu, damals hab ich mit keine Menschenseele nich g'sproch'n und alle g'hasst, und ich wurd sehr komisch, komischer als viele, de jetz grad in Claybury eing'sperrt sin. Ich fing an zu denk'n, dasses da 'ne Schuld gab, de über uns allen hängt, irgendwie war de Himmel wie 'ne Art Obergeschoss von all unsre Häuser, mit den Sternen und dem Mond als Fenster, und dafür mussts doch irgend 'ne Miete geb'n zum Zahl'n, obwohl der Vermieter 'n echter Gentlmen war und nie drauf drängte. 's mocht Leut geb'n, de zwischen Blumen im Sonnenlicht g'wohnt hab'n und sozusachn das Salongeschoss g'mietet hatt'n – aber nich ich. Ich hats Obergeschoss und habs Licht vom Mond g'atmet. Was Blumen angeht – meine Güte – bis vor 'nem Jahr hat ich fast keine Blume nich g'seh'n, de richtich am Boden festg'steckt hat. Nu, Schätzchen, ich hab immer so g'tan, als ob wir alle 'ne Schance krich'n, ganz für uns allein, damit wir des zahl'n, was wir schuldich sin. Manche Leut, dacht ich, renn'n weg vor'n Schulden, und manche zahl'ns mit schlechtem Geld, aber, sach ich mir, falls ich je 'ne Schance krich, zahl ich's so gut ich's nur kann. Allmächtcher, wie ich damals alle g'hasst hab. 's war, als ob de Menschen alle verdorb'n war'n, und als ob all de Kirchen und all de Almohsenverein am allerverdorbensten von allen war'n.

Nu, Schätzchen, denne is Elbert reing'schneit. Du weißt, wie de meiste Kinner im Brown-Viertel sin, aber Elbert – der war nie so. Grade Beine hat er g'habt und nie 'ne Frostbeule oder 'ne wunde Stelle und 'n kleins Gesicht, aber 's Kinn immer hoch, und gelbsches Haar – was man davon seh'n konnt halt, denn klar, ich hab ihm immer g'sacht, dasser 's so ziemlich bis auf de Wurzel stutzt. Son saubre Jung is dir noch nie begechnet, immer wenn du ihn g'troff'n hast, hat er sich wohl grad 'n Krachen abg'rieb'n, und sein kleine Hosenboden war immer in de richtchen Farbe ausg'bessert und so. Aber er war nich ein von dene Chorknaben, er konnt seine klein Spielchen mit den besten von ihn treib'n und hat oft reichlich Zoff losg'tret'n, wenn er annem nassen Sonntach So-tun-als-ob g'spielt hat. Er hatt 'n klein Spiel, das er am meisten mocht von allen – nich Murmeln, das wars nich – oder Kreisel – aber was solls, ich werds dir nich sach'n, wasses war, denn du würdst auch so lach'n wie's Mädel innem Laden, als ich drüber g'redt hab. Ich g'rat nich oft ins Verzähl'n, aber ich hat denne 'n Schlückchen Brandy g'trunk'n. Lach'n, als ob se berst'n wollt, das hat se g'macht – se hat ja selbst 'n Schlückchen vom Selben g'nomm'n g'habt – und frachte, ob Elbert nich auch noch blind wär, und ob er außer Flücheln auch Kleider trach'n würd ... Das Witziche war, dass Elbert echt schlecht seh'n konnt, 's is mir immer seltsam g'schien'n, dasser sich mit sein schwache Augen grad des klein Spiel ausg'sucht hat. Früher bin ich an manch 'nem Sonntach im Sommer mit ihn inne Heath gangen, und er is denne auf der klein Erhöhung unter de Spaniards Road g'stand'n, mit g'schlossnen Augen und de Sonne entgechen, und hat sich nie nich de Müh g'macht, auf etwas zu ziel'n. Ich kann ihn jetz seh'n, wie er de Sehn von seim Bochen spannt – 's macht 'n hohen Ton, wie der Anfang vonnem Stückchen Musik – und denne war er wech wie 'n Hase, um zu seh'n, wo der Pfeil runterg'fall'n war. 's war mir immer wieder wie 'n Wunder, dasser niemanden 'n Auge ausg'piekt hat, aber mich hats nich g'stört – ich hab alle g'hasst. Er hat nich bei mir g'lebt, er is nur ein und aus gangen. Er hat mir nie nich g'sacht, das sein Name Elbert is – ich hab ihn nur so g'nannt, beim schönsten Namen, den ich kannt hab. Er hat mir nie g'sagt, wer seine Leut war'n; ich würd nich denk'n, dasse Leut ausm Brown-Viertel g'wes'n sein könn'n, denn Elbert is wohl viel rum'komm'n, hat Berche g'seh'n und Ozeane und so was, und er is vielen Fremden übern Wech g'lauf'n – sogar Deutschen. Er hat viel über Leut g'sproch'n – so gut wie 'n Kitschromänchen war'n sein Geschichten, aber verdammt deftich. Kinner wissens viel im Brown-Viertel. Wie er de Sachen all bemerkt hat, mit sein blindlichen Augen, ich weisses echt nich. Verlass'n konnt ich mich auf dene Jung immer. Vollunganz zufrieden war ich denne.

Nenn mich bescheuert, wenn du machst, Genossin, aber es hat drei oder vier Jahr g'dauert, bevor ich auf de Idee komm'n bin, dass mit Elbert was nich richtich is. Das war, als 's so aussah, als ob der Krich dableib'n wollt, und man konnt kein Jung anseh'n, ohne zusammzuzähl'n, wie lang ihm blieb, bis de Armee ihn erwisch'n würd. Und denne hab ich ausg'rechnet, dass Elbert jetz an de vierzehn sein müsst, und ich hab g'seh'n, dasser kein Zoll g'wachs'n war, seit ich ihn 's erste Mal g'seh'n hat, und er hat sich auch nich anders verhalt'n, sondern is immer noch rumg'rannt und hat g'lacht, hat sein kleins Kinnerspielchen g'spielt, mit sein Gesicht zur Sonne. Und dann hab ich mich erinnert, wie oft er mir Sachen verzählt hat, de ehrlich zu historisch war'n, als dass jemand wie er drauf stoß'n konnt, Geschichten über Typen vonner Historie – Anekdoten, de er weiter verzählt hat über Admiral Nelson oder Königin Bess – se hätt ihn immer zum Kichern g'bracht, nich wahr – und 'n Kerl nams Shilly oder Shally, der ertrunk'n war. Und 's hat mich der Gedanke wie 'n Blitz ausm heitern Himmel g'troff'n, dass Elbert vielleicht so ne Art ewicher Jung war, und vielleicht war er 'n Deibel, hab ich g'dacht, und vielleicht hab ich mein Seel verkauft und 's nich g'merkt. Ich hab nie viel von mein Seel g'halt'n, aber ich hat immer dene Schulden von mir im Hinterkopf, und ich wollt se sauber abzahl'n. Für de nebliche Schwaden von London, de im Frühling wieder am Himmel war'n, und fürs

Mondlicht, und fürn Himmel kurz vor 'nem Gewitter – all de Sachen komm'n doch aus de gleiche Kiste, so, und ich habs Gefühl nich g'mocht, dasse irgendwie alle nur Almosen war'n ... Wie auch immer, ich hat den Gedanken über Elbert, und ich hab in dene Nacht kein Aug zug'macht und konnt mein Sternlicht nich g'nieß'n. Morgens kam er wie immer, mit sein hübschen, blinden Lächeln, und ich sach zu ihm: ‹Elbert›, sach ich, ‹du bist kein grausam Jung nich, was? Du würdst nix tun und mich verletz'n?› Als ich 'n so ang'seh'n hab, konnt ich's nich glaub'n. ‹Dich verletz'n?›, sacht er ganz heiter. ‹Und warum würd ich dich nich verletz'n? Ich würd dich wahrscheinlich auch froh zum Deibel schick'n›, sacht er.

Nu, Frechling, ich sachs dir ma so: Da bin ich durchg'tickt. Ich bin weg'rannt – weg von mein Elbert – ach Gott! Ich bin los und hab de Nachbarin mein bissl Möbblzeug geb'n, und hab 'n neus Zimmer kricht und bin Dienstbotin g'word'n. Inner Nacht hab ich mich rausg'schlich'n, als Elbert nach Haus gang'n war. Ich hatt 'ne Stelle inner Gegend von Kilburn, 'n altes Pärchen, hatt'n sich aus der Pfandbranche zur Ruh g'setzt. Das Hirn des Alten war weich g'word'n, und er sachte de ganze verdammte Zeit einundsselbe und raunte wie 'ne Biene. De Alte hat nie nix g'sacht, hat nie nix g'macht, hat alles mir überlass'n. Se war immer dran, ihr Postkartenalbum zu les'n und de Karten umzuschicht'n – se hat Tausende g'habt, und dazu 'n ganzes Buch voll mit Strand-Comics. Ne schöne Sammlung. Nu, eins abends hab ich inner Küche das Abendessen ausg'teilt, und ich hab 'n Lachen g'hört – Elberts Lachen, wie drei kleine Glöckchen –, und da war Elbert und hat zum Fenster reinguckt. Ich bin ihm nachg'rannt – da war niemand nich. Als ich zurückkomm, war'n de Kutteln ang'brannt, und ich hab se aufm Feuer g'lassen und bin weg'rannt, sofort. Se war'n mir Lohn schuldich, aber ich hab nich für nix haltg'macht. Ich hat Angst. Danach hab ich 'ne Stelle oben in Islington kricht, drei alte Schwestern, hatt'n 'nen feschen Laden, aber hab'n sich jede Sekunde ihrs Lebens g'zankt. Ich bin da nich ma zwei Tache g'wes'n, und da is auch schon Elbert aufg'taucht und hat g'lacht und war lieb genau wie immer schon. Da hab ich verstand'n, dasses kein Sinn macht, ob gut oder schlecht – er hat mich. Ich hab'n sich in mein Küche setz'n lass'n und hab ihm was vom Zuckerbrot geb'n. Und eine der alten Katzenschwestern is reinkomm'n. ‹Wer's 'n das?›, fracht se. ‹'n junger Freund von mir›, sacht ich. ‹Du lüchst›, sacht se, ‹Ich habs gleich g'seh'n, dass du kein anständiches Mädchen nich bist›, sacht se, ‹und jetz werd'n meine Schwestern mir vielleicht glaub'n.› Also hab ich geh'n müss'n, und 's hat mir nich leidg'tan. 's schien als gäbs nix Wichtichers nich inner Welt als Elbert, so als ob Verdammnis sich lohn'n würd. ‹Elbert›, sacht ich, ‹für dich würd ich wirklich zum Teufel geh'n und den ganzen Wech hin läch'ln.› Er hat g'lacht und g'lacht. ‹Komm›, sacht er, ‹heut is 'n Feiertach.› Obwohls keiner war, es war'n Dienstach im August. ‹Komm›, sacht er, ‹setz dein besten Hut auf.› Und er gibt mir 'ne gelbsche Rose für mein Knopfloch. Im August is das 'n Jahr her, jetz. Ich bin hinter Elbert de ganze City Road raufg'rannt, und nah beim

Angel ham wir'n Taxi g'nomm'n. ‹Sach ihm: Bahnhof Euston›, hat Elbert g'sacht, und da hab ich das g'macht. Du kennst doch de riesige Spitze von dene Bahnhof vom Hügel beim Angel aus – nu, Kind, ich sach dir, ich hab zum ersten Mal 'n richtichen Berch g'seh'n, als ich de sah. 's war der Hitzdunst, und 'ne Art rosa Licht hat 'ne richtiche Hochlandschaft draus g'macht. Ich hab dem Taxifahrer mehr als de Hälfte von allem Geld geb'n, das ich hat, und wir sin zum Kartenschalter gang'n. ‹Elbert›, sacht ich, ‹wohin soll'n wir reservier'n?›, sacht ich, einfach so, obwohl ich kaum 'ne verdammte Haferflocke nich in mein Börse hat. ‹Nimm 'ne Bahnsteichkarte›, sacht er, und da hab ich das g'macht. Aber er is aufn Bahnsteig g'rannt ohne kein Karte und hat wie 'n Wahnsinnicher zwischen den Leut hinundher g'tanzt, aber niemand hat sich an ihm g'stört. Ich hab mich auf 'ne Bank g'setzt, und hab ihm zug'schaut. Ich hab g'dacht, ‹Verdammt›, hab ich g'dacht, ‹wenn ich jetzt nich unter dene flimmernde Berch bin, und all de Leut›, sach ich, ‹sin das Kleine Volk, von den man verzählt, dasses in Hügeln lebt und nur unterm Mond rauskommt.› Ich hab mich an dene meine Mondlichtschuld erinnert, und ich hab g'dacht – ‹Jetzt bin ich fertich mitm Modder, jetzt werd ich lebendich›, sacht ich, ‹und das is mein Schance.› Den Moment kam Elbert zurück zu mir und er zoch 'nen Soldaten anner Hand ran. ‹Das is 'n Magischer Mensch›, sacht Elbert, ‹der is zurückkomm'n vom Leben unterm Himmel. Kannste de Magie nich fühl'n?› sacht er.

Nu, Schätzchen, nimms wie du's willst, so hab ich mein

Scherrie kenng'lernt. Ein magischer Mann war er, denn er hat meine Karte g'nomm'n und schien nie nich überrascht. Zehn Tage Urlaub hat er g'habt, und wir ham den innem Gasthof innem Dorf auf 'ner Heide verbracht, nur 'ne Meile vom Meerrauschen entfernt. De Heide und 's Meer, de einander berührt ham ... Oh mein Gott! ... Das Meer war wie, als ob mein Himmel inner Nacht sich g'nähert hat – genug g'nähert, um ihn besser kennzulern'n halt. Zwischen Heide und Meer war de Strand – er sah aus wie 'ne g'sehchnete Grenzstraße zwischen zwei Ländern, und se hat in de Ferne g'führt, wo du nix mehr nich seh'n konnst außer 'n kleine weiße Stadt, sozusachn hoch oben auf 'n Nebel g'baut, eher wie 'n Stern ... Oh mein Gott! ...

Jedenfalls, Schubsnuss, das war mein Schance, und so hab ich erfahr'n, wie mein Schulden beglich'n werd'n sollt. Scherrie hats alles verstand'n. Er war 'n magischer Mensch, wirklich. Wenichstens war er überwiegend magisch, aber 'n Teil von ihm war letzten Ends nix weiter als 'n Narr – wie jeder andre Mann. Mit 'nem nurmagischen Mann hätt ich's nich g'schafft. Oh, er war so'n Narr ... All de Ding, zu den er fähich g'wes'n wär, wie sein Ausrüstung putz'n oder sein saubern Socken find'n – immer wieder hat er g'sacht, ich solls mach'n. Ich habs gern g'macht. Aber all de Ding, de er überhaupt nich konnt hat, wie mein Portret zeichn'n oder 'ne Bluse für mich ausschneid'n, das hat er immer wieder selbst versucht.»

Sie sprach von Scherrie wie ein Naturforscher über ein neu entdecktes Tier sprechen würde, während er nach und nach den charmanten und amüsanten Gewohnheiten des Geschöpfs auf die Schliche kommt.

«Ich hab 'n Scherrie g'nannt, weil er mich so g'nannt hat. War 'n französisch Wort, sacht er, was sozusachn ‹Schätzchen› heißt. Er war 'n echter Gentlmen, war Scherrie. Ich hab 'n ma g'fragt, warum er mit 'ner Frau wie mir ang'bändelt hat anstatt mit 'ner echten jungen Dame. Er sacht, dasser noch nie jemanden g'troff'n hat, der sich selbst von außen sieht und dennoch ziemlich ehrlich is. Ich hab g'wusst, wasser meint, denn ich bin immer eher zwei Menschen g'wes'n als einer, und ich hab mir manchma zug'schaut, als ob ich 'n Drama wär. Sonst würd ich dir dene Geschichte gar nich verzähl'n. Nu, Schätzchen, Elbert kam immer und ging und war immer am Ruf'n, am Lach'n und am Sein-Spiel-Spiel'n. Er is de ganzen zehn Tache bei uns g'blieb'n und is mit mir zum Victoria komm'n, um Scherrie zu verabschied'n – nach Frankreich. 's is dem Scherrie sein Geld, was ich jede Woche hol. Aber ich rührs nich an, ich lechs für Elbert wech. Ich will niemandem nix schuld'n, denn ich zahl so 'ne große Schuld ab. Elbert, wenner zu mir zurückkommt, der wird mein Lohn an de Welt sein, und des muss guts Geld sein. Weil Elbert hat mich verlass'n, nachdem Scherrie weg war. Er hat g'sacht, dasser nach Haus geh'n wollt und dasser im Frühling zu mir zurückkomm'n würd und immer bei mir bleib'n. 's war nich wie 'n Abschiednehm, sacht er, er und ich könnt'n das nie. Ich weiß jetz, wasser meint ...»

«Und was ist mit Scherrie?», fragte Sarah Brown.

«Oh, Scherrie, er schreibt mir nie nich. Aber auch er

hat versproch'n, dasser im Frühling zurückkomm'n wird, und das wird er, denn 's gibt keine Boche-Kugel nich, die 'n magischen Menschen treff'n kann.»

«Jetzt ist es Frühling», sagte Sarah Brown.

«Jetz isses Frühling», wiederholte Peony. «Ach, 's is wundervoll, mir ham se wohl zu viel g'schenkt, das ich so nie zurückzahl'n kann. Aber ich zähl mit, ich vergess nix. 's wird nich mehr lang dau'rn, bis ich mein Schulden begleich'n kann. Lasses Mitte Mai werd'n ...»

KAPITEL 4
Das verbotene Sandwich

Während Sarah Browns wenig beneidenswerten Mußestunden darauf verwendet wurden, das Laufmädchen für Komitees zu spielen, hatte sie gleichzeitig einen Halbtagsberuf, der ihr – so es ihr gut genug ging, um ihn auszuüben – pro Woche zwanzig Schillinge in die Tasche spülte. Sie pflegte jeden Morgen in einem kleinen Büro zu sitzen und Beweismaterial von mildtätigen Spionen über die Unartigen Armen zu sammeln und, nachdem sie das Beweismaterial in geheimnisvollen Chiffren verpackt hatte, diese in Schönschrift auf kleine Karten zu schreiben, damit der nächste Spion von den Erfahrungen all seiner Vorgänger profitieren könnte. Sarah Brown dachte nie über die Grundannahmen dieser Tätigkeit nach, denn die verschiedenfarbigen Tinten und das Schönschreiben erfreuten sie so.

Es gibt Menschen, für die ein Ries jungfräulichen Papiers eine Inspiration ist; für die das erste Anspitzen eines Bleistifts die reizendste aller Mühen ist; die etwas fast Heiliges darin sehen, dass grüne und rote Federhalter den entsprechenden Tinten zugeordnet werden; in deren Ohren und vor deren Augen das Alphabet wie ein Gedicht ist oder ein Gebet. Berührte man das Thema Schreibwaren, traf man einen irren Punkt in Sarah Browns Verstand. Ihr Traum von einem perfekten Leben im hohen Alter spielte sich in einem Schreibwarenladen in einer ruhigen braunen Straße ab; dort würde sie dämmrige Tage damit verbringen, dickes Löschpapier zu streicheln, mit neuen Schreibfedern Hunde zu zeichnen – die alle genau gleich aussahen –, mit gedämpfter Stimme Kunden, Connaisseure, zu beraten, die kommen würden, um einen Taschenkalender, ein Exlibris oder einen Füllfederhalter mit der gleichen Ehrfurcht zu kaufen, die heutzutage jene zeigen, die kommen, um alte Weine zu kaufen.

Daher hatte Sarah Browns Hand mit einem Wohlfahrtsregister eine ideale Beschäftigung gefunden. Was ihren Verstand anging, so machte der gewöhnlich während der Bürozeiten sein Auge zu. Ihr Hund David mochte die Arbeit ebenfalls, da der Kaminvorleger bequem war und Barmherzigkeit – obwohl sie in anderer Hinsicht lange leidensfähig sein mag – es mit dem Heizen ziemlich genau nimmt.

An dem Montag nach ihrem Umzug stellte Sarah Brown fest, dass die Herrlichkeit der verschiedenen Tinten erloschen war und dass sogar eine neue Lieferung Karteikarten, die noch so entzückend unbefleckt waren von der Welt, ihre Begeisterung nicht wecken konnte. Dies lag zum Teil daran, dass der erste Name, den sie im Register nachschlug, der von Watkins, Thelma Bennett, alleinstehend, Maschinistin, war. Die Chiffren informierten Eingeweihte, dass Watkins dem Kriegsbund einen Besuch abgestattet hatte, um Hilfe und Rat zu erbitten, siehe Vollständigen Bericht. Sarah Brown fühlte sich traurig und unbeholfen und machte zwei Farbflecken, einen in Grün auf die Watkins-Karte und den anderen mit gewöhnlicher blauer Stephens-Tinte auf der Karte einer gewissen Tonk, Herstellerin von Pralinenschachteln, alleinstehend, der ein gewisser Wohltätigkeitsverein stur täglich ein halbes Pint Milch gab, ungeachtet der Tatsache, dass sie letzten Monat von der Gemeinde Lebensmittel im Wert von einem Schilling erhalten hatte.

Die Luft des Büros schrillte an diesem Morgen mit dem Namen Tonk. Kaum war die tüchtige Sarah Brown damit fertig, den Fleck auf ihrer Karte mit einigen wenigen, raffinierten Federstrichen in den Schattenriss eines Dromedars zu verwandeln, als die Dame, die den sturen Wohltätigkeitsverein repräsentierte, eintrat und ihre Lippen das Wort Tonk formten.

«Tonk», sagte sie. «Früher ansässig in der Modderstraße. Sie hat ihre Adresse geändert. Ich bin von der *Gilde der Glücklichen Herzen*. Sie kommt noch immer, um ihr halbes Pint Milch pro Tag zu holen, und erst gestern habe ich von einer Nachbarin erfahren, dass sie die Modderstraße vor drei Wochen verlassen hat. Es ist wirklich eine Schande, wie diese armen Menschen uns wichtige Fakten verheimlichen. Haben Sie ihre neue Adresse?»

«Unsere letzte Adresse für Tonk war Modderstraße 12», antwortete Sarah Brown kühl. «Aber wir haben Ihnen bereits dreimal mitgeteilt, dass die Frau keinen Anspruch auf Milch von den *Glücklichen Herzen* hat, da sie

Unterstützung durch die Gemeinde bekommt und außerdem Bezüge.»

«Tonk ist ... hm-hm», sagte das Glückliche Herz vorsichtig und mit gedämpfter Stimme, damit das errötende männliche Ohr von David dem Hund verschont bliebe. «Nach der Nationalen Baby-Woche, wissen Sie, fühlen wir uns verpflichtet, allen Hm–hm-Frauen zu helfen, soweit wir können, unabhängig von anderen Erwägungen ...»

«Das sollten Sie wirklich nicht. Tonk gibt sich als alleinstehende Pralinenschachtelherstellerin aus.» Sarah Browns Ärger allen Beteiligten – aber nicht zuletzt der offenkundig camouflierenden Tonk – gegenüber wuchs zusehends.

«Sie hat einen Soldaten an der Front», sagte das Glückliche Herz. «Es tut mir leid, das sagen zu müssen, doch sie will einfach nicht versprechen, ihn zu heiraten, selbst wenn er heimkommt. Aber trotzdem ...»

Sarah Brown schrieb auf Miss Tonks Karte die kleine lilafarbene Chiffre, die für Hm-hm stand. «Ich werde wegen ihrer Adresse Erkundigungen einholen», sagte sie.

Aber das war nicht das Letzte zu Tonk. Gleich darauf türmte sich das rote Gesicht des Armenaufsehers über dem Register auf.

«Im Fall Plummett ...», hob er laut an.

«Im Fall Tonk ...», unterbrach Sarah Brown, für die in ihrer gegenwärtigen Laune Plummett nur das Fass zum Überlaufen bringen konnte. Sie hasste den Armenaufseher ungerechterweise, nur weil er wusste, dass sie taub war, und in bester Absicht seine Stimme derartig erhob, dass gelegentlich die Falldokumente auf dem Register weggeblasen wurden. «Wir haben Ihnen bereits dreimal mitgeteilt, dass Tonk täglich ein Pint Milch von den *Glücklichen Herzen* erhält ebenso wie die Bezüge von einem Soldaten.»

«Wir haben die Lebensmittel eingestellt», brüllte der Armenaufseher. «Aber im Fall Plummett ...»

«Im Fall Tonk ...», beharrte Sarah Brown. «Sie ist aus der Modderstraße weggezogen, können Sie mir ihre letzte Adresse nennen?»

«Sie lebt in einer Art privater Wohlfahrtseinrichtung, irgendwo am Rand des Bezirks – auf der Fäustlingsinsel, meine ich. Ich kenne die genaue Adresse nicht, denn wir haben die Lebensmittel eingestellt, da sie jetzt keine Miete zahlt. Im Fall Plummett, dachte ich, könnte es Sie vielleicht interessieren, dass sie heute Morgen einen Monat bekommen hat, da sie dem Sanitätsinspektor gegenüber tätlich geworden ist – hat ihn an der Nase gezogen, wie ich höre. Sie hat dem Richter erklärt, die Nase schiene ihr nutzlos zu sein, wenn diese nicht bemerkte, dass etwas mit ihren, Plummetts, Abflussrohren nicht stimmte. Die Kinder sind heute Morgen ins Armenhaus gekommen.»

«Wie lautet Tonks Vorname?», fragte Sarah Brown, die eine ganz andere Frau geworden war, seit die Fäustlingsinsel erwähnt worden war.

«Ich kann mich nicht entsinnen. Irgendein Blumenname, denke ich. Wahrscheinlich Lilly oder Ivy. Im Fall M'Clubbin soll die Frau durch ein Loch im Boden des

Zimmers gefallen sein, in dem sie und ihre drei Kinder schliefen. Sie wurde letzte Nacht ins Spital eingewiesen, und ihre Möbel werden verkauft werden, um ihre Miete zu bezahlen ...»

«Er fängt mit einem P an», sagte Sarah Brown. «P. Tonk, unverheiratete Ehefrau, ansässig auf der Fäustlingsinsel ...»

Der Armenaufseher ging, denn es war Zeit fürs Mittagessen. Gedankenverloren packte Sarah Brown die kleine Brotzeit aus, die sie an einer dünnen Schnur an einem strangulierten Finger hängend mitgebracht hatte. Senfsandwiches mit einem bloßen Anflug von Schinken und ein unangenehm konventionelles Brötchen, 1918er-Modell, das aus Getreidestoppeln hergestellt war. Sarah Brown vergaß fast immer, dass Essen eine Notwendigkeit war, bis sie unwiderruflich im Bus auf dem Weg zur Arbeit saß. Aber heute Morgen, als sie mit David ihren Platz auf der schaukelnden Fähre eingenommen hatte, war hinter ihr ein schnaufendes Rascheln zu hören gewesen, und Harold der Besen hatte ihr ein kleines Paket mit Sandwiches auf den Schoß gefegt. Er war verschwunden, bevor sie sich kaum mehr als die Frage durch den Kopf hatte gehen lassen können, ob Besen je damit rechneten, Trinkgeld zu bekommen.

Nun könnte ich nicht mit Sicherheit sagen, ob die Hexe, als sie dieses Sandwichpaket zurechtmachte, den Inhalt eines ihrer eigenen Zauberpäckchen beigefügt hatte. Sarah Brown wäre für solch ein Rauschmittel sehr empfänglich gewesen; ihr Geist war stets dem Zustand unschuldiger Trunkenheit nah. Vielleicht war sie nur eine halbe Frau, sodass eine halbe Freude ihr Herz wallen und singen lassen konnte und ein halbes Leid es brechen. Eindrücken gegenüber war sie wehrlos, und zu viele Eindrücke ermüden das Herz außerordentlich. Daher, meine ich, war sie ein vorherbestimmtes Opfer der Magie, und es ist unwahrscheinlich, dass die Hexe eine solche Gelegenheit verpasst hätte, einen Zauber auszugeben.

Nach dem ersten Biss in das erste Sandwich war sich Sarah Brown bewusst, dass ein Scherz in der Luft lag. Das Gefühl an sich ähnelte einem Fieberwahn, denn es gibt keine zwei Realitäten, die so weit voneinander entfernt sind wie ein Scherz und eine Wohltätigkeitseinrichtung. Der Bürotisch stellte sich Sarah Brown entgegen, und sie fragte sich, wie sie in ihm je etwas anderes als eine Zielscheibe für Scherze hatte sehen können. Sie fragte sich, wie sie jeden Tag vor diesem korpulenten und ernsten Register hatte sitzen können, ohne verschmitzt seine Karten neu zu mischen und es zum Narren zu halten. Die Bürouhr hatte, als einzige aller Uhren, noch nie jemandem einen Streich gespielt. Das traurige Feuer darunter war sich einer Mission bewusst und von Kohle wie Verantwortung völlig überlastet.

Der zweite Biss, zehn Minuten später, ließ Sarah Brown einem Raum gegenüber müde und misstrauisch werden, der kein Lächeln kannte. Ihre Augen wandten sich ab, um den versteckten Scherz jenseits der Mauern dieses bedauernswerten Raums zu suchen. Im Schulhof gegenüber stand ein frühlingsfarbener Baum, und über dem Baum widersprach ein stürmischer blausilberner Himmel allen Grundsätzen, die in Büros gepredigt wurden. In diesem Wind lag etwas von der alten groben Schlichtheit und Heiterkeit, die die ganze Zeit auf dem Meer umhergeistert und nur an seltenen Frühlingstagen ins Inland vordringt. Die hohen weißen Wolken überquerten den Himmel wie Galeonen, wie alte Geschichten aus der noch unschuldigen, paradiesischen Vergangenheit des Meeres, bevor es lernte, was Dampf zu tun vermag und wie man heimlich tötet. Alte Schiffsnamen kamen Sarah Brown in den Sinn ... *Castle-of-Comfort* ... *Cloud-i'-the-Sun* ....

«Ich mache etwas falsch», sagte Sarah Brown. Sie nahm einen dritten Bissen.

Und dann spürte sie den Geist der Unartigen Armen im Raum; ein Lachen wie von den Registrierten tönte in den Ohren der Registrierbeamten. Es ist den Unartigen Armen nicht wirklich gestattet, in Büros einzudringen, die es gibt, um ihnen Gutes zu tun. Der Weg der Wohltätigkeit führt über den Verdacht, aber der Verdacht darf natürlich nur auf einer Seite liegen. Wir müssen den Kriminellen ungehört verurteilen; wenn wir ihn als Zeugen in seinem Fall aufrufen, könnten wir sentimental werden. Den Wohltätigkeitsverein kann man sich so vorstellen, dass dort zwei Listen mit Straftatbeständen geführt wurden, eine kurze für Registrierbeamte und Beschäftigte und eine sehr lange für die Registrierten. Ganz oben auf der Liste für Registrierbeamte und Beschäftigte steht Sentimentalität. Es ist sentimental, persönliche Zuneigung für einen Fall zu empfinden; oder einem Kind der Unartigen Armen ohne eingehende Untersuchung einen Penny zu geben; oder «gugu-ga» zu einem grauen nachdenklichen Baby zu sagen, das auf dem Gehweg Dreck isst; oder einzugestehen, dass der Fall das Recht hat, manchmal Fragen zu stellen, statt sie zu beantworten; oder gegen das Ausspionieren und Petzen zu sein; oder irgendeine Aussage zu glauben, die von jemandem ohne gesichertes Einkommen gemacht wird; oder irgendeinen Teil des Neuen Testaments zu zitieren; oder in der Tat auf irgendeine Weise die Vorstellung von Wohltätigkeit mit der von Liebe zu verwechseln. Christus, der es, nebenbei gesagt, unglücklicherweise versäumte, einem achtbaren philanthropischen Verein beizutreten, gebot Heilsuchenden, arm zu sein und sich selbst gering zu schätzen. Aber das war sentimental, und der Wohltätigkeitsverein verfügt, dass lediglich die Wohlhabenden und jene, die etwas auf sich halten, eine Anhörung verdienen.

«Ich bin sentimental», sagte Sarah Brown mit gebrochener Stimme zu ihrem Hund David. Sie wandte sich wieder ihrem verzauberten Sandwich zu.

Das Lachen in der Luft verstärkte sich, und durch es hindurch hörte sie das heisere und unbeschwerte Rufen der Spatzen in dem frühlingsfarbenen Baum gegenüber. Spatzen sind die idealen Unartigen Armen, die Bettelmönche, das wandernde Volk der Lüfte, sie verlangen Almosen als ein Recht und als ein Siegel der Freundschaft; mit ihren Schnäbeln voll von Ihren Krümeln teilen sie mit Ihnen ihren harmlosen und ordinären Witz, sie geben Ihnen im Gegenzug keinen Schuldschein und keine

Angaben zur Person für Ihre Falldokumente. Haben sie von Ihnen alles bekommen, was Sie zu geben willens sind, zwinkern sie und kichern und schütteln sich den Staub von Ihrem Fensterbrett von den Füßen.

Sarah Brown öffnete das Bürofenster, und die Luft im Büro fing sofort an, mit dem Leben und dem Lärmen von Kindern und Vögeln zu tanzen. Sie dachte, dies seien vielleicht magische Geräusche, denn sie hörte sie so deutlich. Sie zerbröckelte ihr zweites Sandwich auf dem Fensterbrett, und die Spatzen überquerten die Straße, hockten unter ihr in einer Reihe auf dem Kellergeschossgeländer und redeten alle auf einmal, darum bemüht, ihr den Umstand zu vermitteln, dass ein Rückzug ihrerseits taktvoll wäre.

Ein Spatz kauft natürlich all seine Kleidung von der Stange, wahrscheinlich im Ramschverkauf, und er scheint immer Sachen auszuwählen, die für einen korpulenteren Vogel hergestellt wurden. Es gibt keinen Grund, warum er nie chic aussehen sollte; er hat eine schlankere Figur als beispielsweise der Dompfaff, der es stets schafft, so elegant auszusehen. Es ist seitens des Spatzen schlicht Dünkel, reines Londonertum, schlicht dieser unverschämte sozialistische Geist, der es uns so schwer macht, die Unartigen Armen zu reformieren.

Sarah Brown trat einen Schritt zurück. «Weiter gehe ich nicht weg. Entweder fresst ihr dieses Sandwich, während ich zuschaue, oder ihr lasst es.»

Die Spatzen flüsterten einen Moment lang untereinander und sagten dabei zueinander: «Du zuerst.» Sie wussten offensichtlich, dass es ein Wohltätigkeitsfensterbrett war und befürchteten, dass Sarah Brown vielleicht vorhatte, sie dafür zu tadeln, dass sie beim Kauen ihre Schnäbel nicht schlossen, oder dafür, dass sie es versäumten, einige Krümel bei der Sparkasse zu hinterlegen. Aber nach einer Minute befeuchtete ein Spatz seinen Schnabel und kam ... Er fraß, sie alle fraßen und versuchten auch nicht zu fliehen, als sich die Bürotür öffnete und die Hexe hereinkam. Sie ging geradewegs zum Fenster und las zwischen den vornübergebeugten Spatzen ein Stück des zerbröckelten Sandwiches auf und aß es. Der Hund David stellte sicher, dass auf dem Boden kein Krümelchen überblieb, das die sentimentale Schwäche seiner Mutter hätte verraten können. Fast augenblicklich war dieses Sandwich daher nichts als eine Erinnerung, ein Geschmack, der in etwa zwanzig Schnäbeln und zwei Mündern nachließ. Aber das Fenster stand noch offen, und die Luft tanzte, und die weißen Spiegelungen der schiffsgleichen Wolken ruhten auf dem Wachstuchboden.

Sarah Brown, die die Hexe nicht beachtete, war derweil zum Register zurückgekehrt und hatte seiner Schublade ein Anzeigenformular entnommen. An der Stelle, die für *Name des Falls* vorgesehen war, hatte sie in ihrer untadeligen Handdruckschrift geschrieben:

«Caritas, Warnendes Beispiel, Panstraße 12, Brown-Viertel. Bezüglich obigen Falls muss ich berichten, dass er nicht überzeugend erscheint. Tatsächlich besteht der ernsthafte Verdacht, dass der oben genannte Name nur ein Alias ist und die Adresse wahrscheinlich ebenfalls falsch ist, denn als Herkunftsort der echten Caritas gilt das Zuhause und nicht das Büro. Die anwesende Registerführerin weiß nicht, wie sie diesen Fall mit Sicherheit klassifizieren soll. Es scheint eine der Gewohnheiten zu sein, die in der Welt herumgeistern und unter angenommenen Namen Ansehen erwerben ...»

«Es ist mir ein Rätsel», sagte die Hexe, während sie aus dem Fenster sah, «warum man niemals zwei Vögel zusammenstoßen sieht. Wenn so viele Hexen in der Luft wären wie Vögel, dann wette ich mit dir um zwei Pence, dass es ständig Unfälle geben würde. Meinst du, sie haben irgendeine Art Straßenverkehrsvorschrift, oder zeigen sie Richtungswechsel mit den Schnäbeln an ...»

«Hexe», sagte Sarah Brown. «Ich muss etwas sagen.»

«Oh, musst du?», sagte die Hexe, die etwas enttäuscht war, unterbrochen zu werden. «Oh, na gut, das kann ich verstehen, ich weiß, wie sich das anfühlt. Leg los, sag es.»

Der Hund David, der Sarah Brown wirklich ein guter und aufmerksamer Sohn war, kam und legte mit übertrieben interessiertem Blick sein Kinn auf ihre Kniescheibe.

«Nützt es irgendetwas», sagte Sarah Brown, «gegen die Gewohnheiten in der Welt zu kämpfen, es sind so viele. Wer hat diese seltsamen und sinnlosen Betrüger losgelassen? Die Religion, die die Ekstase vergessen hat ... Das Gesetz, das die Gerechtigkeit vergessen hat ... Wohltätigkeit, die die Liebe vergessen hat ... Magie hat doch gewiss für vernünftigere Ideale als diese auf dem Scheiterhaufen gelitten?»

«Na sicher», sagte die Hexe ungeduldig. «Die Magie

hat generell gelitten, eben *weil* sie so vernünftig war. Ich dachte, jeder wüsste das.»

«Diese Gewohnheiten alle. Diese Gewohnheiten alle», skandierte Sarah Brown. «Was ist diese Wohltätigkeit, dieses Klimpern von Geld zwischen Fremden, und wann hat Wohltätigkeit aufgehört, eine tröstliche und geheime Sache unter Freunden und Freundinnen zu sein? Verschafft die Liebe ihrer Stimme Gehör durch ein Komitee, beschäftigt die Liebe einen Fürsorger, um ihrem Nachbarn ihre Nachricht zu überbringen?»

«Nicht dass ich wüsste», seufzte die Hexe. «Sarah Brown, wie lange soll ich deiner Meinung nach noch still bleiben, während du Dinge sagst, die doch wohl jeder weiß?»

Aber Sarah Brown fuhr fort. «Die echte Liebe kennt ihren Nachbarn persönlich und lacht mit ihm und weint mit ihm und isst und trinkt mit ihm, sodass sie am Ende, wenn für ihn die dunklen Tage kommen, mit ihm teilen kann, nicht, was sie zu erübrigen vermag, sondern alles, was sie hat.»

Der Hund David knurrte ein wenig, eine eher fragwürdige Art von Applaus. Sarah Brown, deren eigene Stimme sich laut und schonungslos auf die Netzhaut ihres Gehörs geprägt hatte, fühlte sich etwas verlegen. Aber gleich darauf fügte sie im Flüsterton hinzu: «Hör zu. Ich bin eine Spionin. Ich bin eine Liebende allein von speziell empfohlenen Nachbarn. Ich bin hier, um der schwarzen Wolke Tyrannei einen ziemlich schmutzigen Silberstreifen zu verschaffen. Ich bin der Falsche Verwalter im Interesse der Im Überfluss Behaglichen. Meine Herren sitzen an der Königsstraße und verlangen von jedem Reisenden auf diesem Weg ihren Tribut aus Bitterkeit und Erniedrigung. Denn Behaglichkeit ist gewiss jedes Menschen Erbe, gewiss sollten solch glückliche Jahre jedem Menschen zukommen – nicht sparsam ausgeteilt, nicht kleinlich abhängig von seiner moralischen Rechtgläubigkeit, sondern ihm zustehen als sein Recht. Der fette Philanthrop ist ein Schuldner, aber er benimmt sich wie ein Gläubiger; er verteilt mit seinem Gold Verbindlichkeiten, doch hat er kein Recht auf das Gold, das er ausgibt. Er zwingt seinen Bruder dazu, auf den Knien um das Leben und die Gesundheit und die günstigen Möglichkeiten zu betteln, die doch genauso das Geburtsrecht jenes Bruders sein sollten.»

«Du bist besessen, liebe Sarah Brown», sagte die Hexe. «Hab keine Angst, das geht bald vorbei. Ich kannte eine junge Frau, die einen ganz ähnlichen Anfall hatte; während sie unter dessen Einfluss stand, dachte sie sich einen Psalm aus, der fast so gut war wie einer von König David. Ihre Mutter war ihretwegen sehr beunruhigt. Aber sie erholte sich recht schnell, nur dass sie ihre Stelle als Tippfräulein in einem Institut zur Verbesserung des Geistes aufgab und als Schiffsstewardess zur See fuhr.»

Sarah Brown redete immer lauter weiter. «Zu lange bin ich Bedienstete im Haus dieser Fremden gewesen, dieser gierigen Wohltätigkeit; zu lange habe ich – eine törichte Stellvertreterin der Allzubegünstigten – jeden Tag von zehn bis drei auf diesem schmalen, unnachgiebigen Richterstuhl gesessen. Da sind Liebe und April draußen vor dem Fenster, da sind zu viel Wind und Lachen, als dass es da draußen möglich wäre, Gewohnheiten auszubilden. Ich habe die Liebe und den Frühling nur durch das Glas eines Wohltätigkeitsvereinsbürofensters gesehen, die vorlauten Stimmen von Kindern und Spatzen und anderen Erben der vielen Möglichkeiten sind für mich durch graue Scheiben gedämpft gewesen. Die weißen Schiffe ... *Castle-of-Comfort* ... *Cloud-i'-the-Sun* ... sind ohne Fracht für mich aus dem offenen Himmel in den Hafen eingelaufen ...

Großer Gott!», sagte Sarah Brown und schob David von sich. «Was ist mit mir geschehen? Ich bin sentimental geworden.»

Das Zimmer schien in ihrer ungestümen Vorstellungskraft voll mit den Geistern von Pfarrern und Sozialarbeitern mit Flammenschwertern zu sein, die auf die Tür zeigten.

«Tja, damit hat es sich mit diesem Job», sagte die Hexe. «Ich mach dir einen Vorschlag: Lass uns losgehen und uns auf den Beinschwinge-Sitz in der Heath setzen. Die Luft dort und der Anblick des Spitzturms der Harrow-Kirche wird dir guttun.»

«Ich bin verdammt. Ich bin ein Warnendes Beispiel», rief Sarah Brown, und sie schlich hinter der Hexe durch das finster blickende Tor ihres Edens der hübschen Tinten und glatten weißen Oberflächen. Sie hatte mit David die Reste ihres Sandwiches der Erkenntnis geteilt; sie hatte auf dem Tisch ihre kümmerliche papierne Herausforderung hinterlassen. Abgesehen davon, dass er nur sehr wenig Versuchung bedurfte, hatte David in dieser Angelegenheit Adams Rolle sehr glaubhaft gespielt. Für ihn war Eden ein weicher, warmer Ort gewesen, und er war darauf bedacht, jemandem – vorzugsweise der Frau – die Schuld an dem Verlust seiner Behaglichkeit zu geben. Er folgte ihr hinaus in die Kälte, um, wie Sie hören werden, gleich Adam ein Ackerbauer zu werden.

KAPITEL 5
Ein Luftangriff von unten betrachtet

Magie ist eine beunruhigende Reisegefährtin. Während sie selten wirklich auffällt, scheint sie eine geheimnisvolle und unterschiedliche Wirkung auf die Öffentlichkeit ringsumher zu haben. Ich habe Leute getroffen, die mit der Londoner U-Bahn unterwegs waren und von seltsamen Vorgängen in diesen Regionen berichten, als sich der Schaffner eines Abteils plötzlich in die Schaffnerin des nächsten verliebte, und sie rannten aufeinander zu und trafen sich in der Mitte des Wagens. Da niemand die Gittertore öffnete oder das Klingelsignal läutete, stand der verdutzte Zug stundenlang in Mornington Crescent, bevor irgendjemand aus der Menge der Zuschauenden es über sich brachte, die hübsche Szene zu stören. Es ist offenkundig, dass eine magische Person die mehr oder weniger absichtsvolle Verursacherin dieses Vorfalls gewesen sein muss. Dann wiederum ist da die Geschichte mit dem Bus, der gerade als er seinen Bau in Dalston verließ, den Verstand verlor. Er hatte die fixe Idee, dass die liebenswürdige Allgemeinheit sein Feind sei. Sie hätten die Verwunderung auf der Liverpool Street und bei der Bank Street sehen sollen, als er an ihnen vorbeiraste. Alte Damen, die ihn gerade fragen wollten, ob er nach Clapham fuhr –

laut seinem Schild fuhr er in Richtung Barnes –, standen fassungslos da, und die Fragen erstarben ihnen auf den Lippen. Polizisten hoben vor ihm die Hände hoch – er überrollte sie. Er lernte sogar den Kniff, dem behänden Geschäftsmann auszuweichen, indem er einen raffinierten kleinen Schlenker machte, just als jener glaubte, ihn erwischt zu haben. Sie werden es mir kaum glauben, aber dieser Bus fuhr siebenmal um Trafalgar Square herum, bis die Schwänze der Löwen sich vor Schwindel kräuselten und Nelson sich um seinen eigenen Standplatz drehte. Ich weiß nicht, wo der Bus an diesem Tag hinfuhr, sicher nicht nach Barnes, aber spätabends platzte er in den Bau eines anderen Busses in Tooting – mit schwankenden Flanken, völlig abgenutzten Reifen, schweißtropfenden Fenstern und einer großen Schramme auf der Stirn, wo ihn zufällig eine Bombe getroffen hatte. Ich glaube, das arme Ding musste am Ende von seinen Qualen erlöst werden. Und was war der Grund für all das? Man stellte fest, dass ein Zauberer namens Innocent, ansässig in Stoke Newington, die ganze Zeit in der oberen Etage geschlafen hatte, nachdem er in der Nacht zuvor auf seinem Rückweg aus der City vergessen hatte auszusteigen.

Sarah Brown war sich am Abend von Lady Arabels Dinner-Einladung nicht bewusst, welches Risiko sie einging, als sie in Begleitung einer Hexe ein öffentliches Verkehrsmittel bestieg. Aber sie blieb in gnädigem Maße verschont, denn in keinem der Busse, in die sie einstiegen, geschah irgendetwas; allein als sie den Kanal überquerten, schoss eine Wolke von Möwen herab, wirbelte in den

Bus herein und rastete eine Weile auf den bereitwilligen Schultern der Passagiere, bevor sie wieder verschwand. Auch sangen die Passagiere auf der Baker-Street-Strecke mehrstimmige Lieder – den ganzen Weg bis zu Selfridges. Wie sich herausstellte, besaß der Schaffner eine recht gefällige Tenorstimme.

Fünf Minuten bevor es Zeit zum Abendessen war, klopften die Hexe und Sarah Brown an der Tür der Higginsens. Lady Arabel selbst öffnete sie.

«Meine Lieben, ist es nicht allzu schröcklich. Alle unsere Bediensteten sind weg. Es ist eine unerhörte Sache – sie können Rrchüd und seine Art einfach nicht ausstehen.»

Die taktvolle Sarah Brown stupste die Hexe an. «Wir bleiben besser nicht», murmelte sie.

«Selbstverständlich bleiben wir», erwiderte die Hexe laut. «Ich bin schrecklich hungrig, und es wird sicher etwas zum Abendessen geben.»

«Natürlich gibt es etwas», setzte Lady Arabel nach. «Ich habe es selbst gekocht. Wissen Sie, ich habe nie zuvor ein Kochbuch gesehen, und die Bildchen von den Tieren, auf denen überall die Bezeichnungen der Bratenteile stehen, haben mich schröcklich schockiert. Ich habe das Gefühl, ich könnte jetzt eine allzu köstlich intime Unterhaltung mit einem Bullochsen führen.»

Das Haus der Higginsens hatte eine riesige Eingangshalle, welche dank einer großen Zahl hoher Fenster so wirkte, als blinzele sie. Ich würde meinen, unter ihrer Kuppel hätten zwei kleine Zeppeline ein Menuett tanzen können. Aus Versehen setzten Sarah Brown und die Hexe sofort ihre Kathedralenmiene auf und blickten, das Kinn auf ihre Regenschirme gestützt, ehrfürchtig nach oben.

«Allzu schröcklich – ein Haus von dieser Größe ohne Bedienstete», sagte Lady Arabel. «Der für die Garderobe zuständige Diener ist als Letzter gegangen. Er sagte, sogar die Armee sei besser als das. Er mochte Gespenster aus zweiter Hand, sagte er, ansonsten aber nicht. Zu lustig, wie ernst die Leute den lieben Rrchüd nehmen. Ich bin nur froh, dass das Orchester bei uns geblieben ist. Kommen Sie doch in Rrchüds Arbeitszimmer, während ich schnell gehe und der ersten Violine helfe, die Suppe aufzutragen.»

Sarah Brown und die Hexe blieben in einem kleinen Zimmer zurück, das sich zur großen Eingangshalle hin öffnete. Es war eher wie der Salon einer Pension eingerichtet. Ein Thermometer, das kunstvoll als Modell des Eddystone Leuchtturms getarnt war, fand sich auf dem Kaminsims, flankiert auf beiden Seiten von je einem Porzellanstiefel in Rosa mit echten Schnürsenkeln und einem Schwein, das bei beiden aus dem oberen Ende herauslugte. An den Wänden hingen Bilder, die größtenteils junge, mehr oder weniger offensichtlich verliebte Damen darstellten, umgeben von rustikaler Architektur. Mir ist aufgefallen, dass die erste Liebe eines Mädchens das Monopol des viktorianischen Malers ist, während die eines Jungen dem Romanschriftsteller gehört, aber ich kenne den Grund hierfür nicht.

Ein leichtes Donnern erscholl, und Richard kam herein. Selbst ohne den Donner war er ganz offensichtlich als Zauberer zu erkennen und schien bezüglich seiner Magie viel weniger unbedarft zu sein als die Hexe. Er hatte bleiches Haar, ein bleiches Gesicht und Augen, die sich ohne eine gewisse Anstrengung seitens der Brauen nicht weit öffneten.

«Sie verabscheuen meine Dekoration», sagte er zu Sarah Brown. «Ich bewundere sie enorm. Ich mag keine wirklich clevere Kunst. Sie bringt mich zum Niesen, wissen Sie?»

Direkt als er sprach, merkte man, dass er sich anstrengte, echt zu erscheinen – was typisch für die Magie war. Hexen und Zauberer führen ein beschwerliches Leben, denn sie haben keine Ahnen, die in ihnen wirken, um ihnen Hinweise betreffs der kleinen Details zu geben. Wann immer Sie eine Person sehen, die ungewöhnlich erwachsen wirkt, verdächtigen Sie sie der Magie. Sie können Hexen und Zauberer beispielsweise immer daran erkennen, dass sie nach acht Uhr abends auf sind, aber vorgeben, sie wären nicht stolz darauf, noch so spät aufzubleiben. Es ist völliger Unsinn, dass Hexen Nachteulen wären; tatsächlich fliegen sie oft nachts umher, aber nur, weil sie wie unvergängliche Kinder sind, die ihren Omas für immer glorreich entkommen konnten.

«Dieses Bild», fügte Richard hinzu, «scheint mir sehr schön zu sein.» Das Bild mochte ursprünglich, inklusive des Rahmens, einen Schilling gekostet haben, oder es mochte einst ein abreißbares Kalenderblatt gewesen sein. Es war eine Landschaft mit derart satter Farbgebung und derart lichtlos, dass sie es nicht vermochte, überhaupt den Eindruck einer Außenansicht zu vermitteln. In der Mitte waren ein Fluss und ein Wasserfall wie gut gekämmtes Haar, und ein Dutzend bleierne Berge lagen herum – augenscheinlich mit Taschentüchern auf den Gipfeln, und ein wassersüchtig aussehender Hirsch war dabei zu trinken. «Ich kann mir nicht vorstellen», beharrte Richard, «dass es ein schöneres Bild als dieses geben könnte, aber vielleicht gefällt es speziell mir, denn Vater und Mutter und ich sprechen so oft miteinander über den Ort – den Ort, der genauso aussieht, nahe dem Berg, wo ich geboren wurde. Das war in den Rockies, wissen Sie, und ich bin sicher, dass genau unter unserem Berg ein Canyon wie dieser war – ich träume davon – mit milchig-grünem Wasser, das unter und über und um die außergewöhnlichsten Formen aus Eis lief, und Kakteen wie grüne Igel in den Felsspalten und große zerwirbelte Kiefern, die sich an einer Unze Erdboden auf einem Zoll ebener Oberfläche festklammerten. Und die Felsen sind von prächtigstem Rosenrot und liegen tief geschichtet da, und sie entfalten sich in Formen, die derart überlegt sind, dass sie aussehen, als ob sie etwas bedeuten müssten. Tatsächlich tun sie das ...»

Eine von einem Cello gespielte Notenzeile rief sie zum Abendessen, und als sie in die Eingangshalle zurückkehrten, übertönte das ganze Orchester mit einem lauten Ausbruch ernster Musik fast den Donnerschlag, der erneut Richards Passieren der Tür markierte. Sarah Brown war überzeugt, dass Lady Arabel dies extra so arrangiert hatte. Die Mutter des Zauberers hatte offenbar große Schwierigkeiten damit, die mit ihrem Sohn verbundenen Erscheinungen nicht zu bemerken, und sie setzte ein bemühtes Lächeln und einen Blick glasiger und wohlerzogener Unkenntnis auf, wann immer irgendetwas Magisches geschah.

Am Ende der Eingangshalle setzte das säuberlich im Halbrund angeordnete Orchester emsig seine Violinen für eine einstimmige Melodie von derart grober und zerstörerischer Natur ein, dass es schien, als ob bald jede Saite reißen müsste. Dieser Wahn breitete sich aus, bis sogar die entlegenen Fagotte, Triangeln und Celesten infiziert waren. Allerdings veranlasste ein schriller Kommandoton von einer Klarinette, dass plötzlich jedes Instrument in eine niederschmetternde Stummheit verfiel – mit Ausnahme des Klaviers, das verlegen alleine fortfuhr. Der Pianist blickte meist zur Zimmerdecke, aber eine Note schien sein spezieller Liebling zu sein, und wann immer er sie spielte, sah er sie genau und väterlich an, wobei er sie tatsächlich fast mit der Nase anschlug. Gerade als Sarah Brown sich einzubilden begann, dass sie die Melodie und den Rhythmus erkennen könne, hörte die Musik auf einen Schlag auf – anscheinend mitten im Takt. Richard nieste ein- oder zweimal. Dieser ungehobelte Zauberer hatte offensichtlich Spaß daran, seine Kunst auszuüben. Man spürte, dass Magie im Militär nicht ermutigt wurde und dass die übernatürliche Ausschweifung, der er sich nun hingab, die überschießende Reaktion nach einer langen Selbstkontrolle war. So strömte zum Beispiel der seltsame Klang eines unnatürlichen Lachens aus entfernten Ecken der Eingangshalle, und reihum blinzelte jedes der elektrischen Lichter ironisch. Die Saite des Kontrabasses riss laut, und die neue Saite, die der ihm ergebene Musiker umständlich aufzog, riss ebenfalls sofort. Der Künstler sah Lady Arabel flehend an, aber sie vermied es, seinem Blick zu begegnen. Ein Blizzard aus Schmetterlingen umhüllte den Tisch. Das war offensichtlich ein ziemlich schwieriger Trick, denn der Zauber brach wiederholt in sich zusammen, und von einer Sekunde zur nächsten war sich Sarah Brown unsicher, ob da wirklich lila Admiralfalter in ihrer Suppe ertranken oder nicht.

«Sie haben solch ein Glück», seufzte die Hexe, «jede Menge Platz und alle Möglichkeiten. Ich selbst werde so furchtbar eingeschränkt und zurückgehalten. Ich muss meine Beschwörungen häufig über einer Petroleumlampe kochen, und sogar das wird schwierig – kein Brennspiritus.»

«Ich habe nicht wirklich Glück», sagte Richard. «In Frankreich scheint selbst die kleinste Prise Magie die Unteroffiziere krank zu machen, und deswegen habe ich nie mein Rangabzeichen bekommen. Um nicht aus der Übung zu geraten, habe ich mal ein Kunststückchen mit der Zigarette des Feldwebels vollführt: Als er ein Streichholz anzündete, um sie sich anzustecken, wurde sie plötzlich länger, und sie wuchs immer weiter, bis er mich bitten musste, sie für ihn anzustecken, und dann schrumpfte sie zusammen und verbrannte seine Nase. Natürlich konnte er die Sache nicht wirklich mit mir in Verbindung bringen, aber irgendwie ... nun, wie ich sagte, ich habe nie mein Rangabzeichen bekommen.»

Lady Arabel schenkte dieser Unterhaltung sowie absolut allen Verzauberungen keine Aufmerksamkeit, sondern sprach weiterhin ein wenig nervös über sehr stumpfsinnige Themen. Ihre Augen hatten den bedauernswerten Ausdruck, den man häufig in den Augen dummer Menschen sieht, den «Hör mir gar nicht zu»-Ausdruck: «Ich sage nicht, was ich eigentlich gerne sagen würde. Mein wahres ‹Ich› ist besser als das hier.»

Schließlich erlaubte sich Richard einen Trick, der unter magischen Menschen offenbar zum gängigen Scherzrepertoire gehörte, denn die Hexe lachte direkt, als es damit losging. Gerade als die Gastgeberin, bereit mit Löffel und Gabel, dazu ansetzte, die jungen Sprotten zu verteilen, begann sich der runde Tisch zu drehen, und die Sprotten wurden abrupt von ihr fortgerissen. Der Tisch drehte sich noch einen Moment lang mit einem tiefen, durchdringenden Orgelton weiter, und als er zum Halten kam, hatten sich die Sprotten nunmehr gegenüber von Richards Platz versammelt. Ernsthaft verteilte er sie nun. Lady Arabel wurde purpurrot und raunte Sarah Brown zu: «So schröcklich erfinderisch und so heiter.»

Sarah Brown erbarmte sich ihrer und fing an draufloszureden. Das Orchester war wieder aktiv, und zur Melodie eines lauten, schwer definierbaren Ragtime schrie sie: «Wissen Sie, ich habe meine Stelle heute Morgen entlassen. Ich werde in dreieinhalb Tagen am Rand des Verhungerns sein. Die Schachtel *Oxo*-Brühwürfel, die ich bei mir habe, schon mitgezählt. Sie wissen nicht zufällig von einer passenden Anstellung? Ich kann nicht kochen, und wenn ich einen Knopf annähe, dann geht er schneller ab, als wenn ich es nicht gemacht hätte. Aber ich habe mal gelernt, die große Trommel zu spielen.»

«Meine Liebe», sagte Lady Arabel und schlug sogleich einen mütterlichen Ton an. «Nein, wie allzu schröcklich. Ich wünschte, ich wüsste etwas Passendes. Aber – Kriegszeiten, Sie wissen – ich fürchte, ich kann es kaum rechtfertigen, das Orchester weiterzubeschäftigen, und ganz sicher nicht, es zu erweitern. Abgesehen davon, natürlich, obwohl Frauen heutzutage einfach zu splendid sind, meinen Sie nicht, dass die große Trommel ... nur ein klein bisschen unweiblich ist, meine Liebe. Gleichwohl ...»

«Sind Sie clever?», fragte Richard.

«Ja, ist sie», sagte die Hexe stolz. «Sie schreibt Kleinere Lyrik. Ich sah ein Stückchen von ihr in einem Magazin, das keine Bilder enthielt – das Stückchen Lyrik stand zwischen einem Artikel zur Tarifreform und einer Erklärung zur Kohlesituation, und es fing an mit ‹Oh mein geliebtes ...›. Ich fand, es war ein sehr schönes Stückchen Kleinere Lyrik, aber irgendwie konnte ich es nicht mit den beiden Artikeln vereinbaren. Das hat mich ein wenig beunruhigt.»

«Wenn Sie Ihr Bestes geben, um nicht clever zu sein, würde ich Ihnen eine Stelle geben», sagte Richard, der jetzt mit einer eher ermüdenden Hartnäckigkeit das Hühnchen schweben ließ, sodass es, an unsichtbarer Aufhängung in einer Höhe von achtzehn Zoll über der Mitte des Tisches baumelte und Bratensoße in eine Schale mit Osterglocken tropfte. «Um genau zu sein, ich habe eine Stelle für Sie. Ich besitze einen Hof namens Higgins Farm etwa auf halber Höhe zwischen Meeresspiegel und Himmelsspiegel. Sie können für sechs Pence die Stunde als Arbeiterin anfangen, wenn Sie mögen. Von der Fäustlingsinsel aus können Sie jeden Tag recht leicht dahin gelangen, und ich werde Ihnen sagen, wie. Es ist direkt auf der anderen Seite vom Sprengel Feenland, auf Ihrer Rechten, wenn Sie von der Fäustlingsinsel aus das Festland erreichen. Sie folgen dem Grünen Ritt durch den Zauberwald, bis Sie zu dem Schloss gelangen, wo der Jüngste Prinz – der eines der Fetherstonhaugh-Mädchen vor einem Riesen gerettet und sie geheiratet hat – früher lebte. Das Schloss ist jetzt zu vermieten; sie ist Krankenwagenfahrerin in Saloniki, und er ist Kanonier – wurde gerade seiner Batterie zugeteilt, glaube ich. Unter der Außenmauer des Schlosses werden Sie den Gänseblümchenpfad sehen, und der führt Sie geradewegs zum Tor der Higgins Farm unter einem beschnittenen Buchsbaumbogengang.»

«Ich habe kein Outfit fürs Land», sagte Sarah Brown. «Aber ich habe eine Hose gesehen, Marke Mesopotamisches Offiziersmodell, mit Schnüren und Aufprallmatten aus echtem weißem Wildleder zwischen den Knien, die mir passen würde, und ich kann meine Ohrringe versetz...»

In diesem Moment gab es einen lauten Knall. Alle schauten auf den Kontrabass, aber dessen Saiten waren für den Moment unversehrt.

«Eine Leuchtrakete», sagte die Hexe.

«Meine Lieben», rief Lady Arabel aus, die enorm erleichtert war, weil dieses neue Vorkommnis kein übernatürliches war. «Wie allzu schröcklich uhnangenehm, da doch Süßes und Herzhaftes erst noch kommen. Wissen Sie, ich habe Pinehurst – meinem Ehemann – versprochen, während eines Luftangriffes nie in diesem Haus zu bleiben. Es war sein eigener Fehler, der liebe Schatz; er hatte einen Fimmel für Fenster. Dieses Haus hat mehr Glasflächen als Mauern, glaube ich, und in seiner Freizeit pflegte Pinehurst stets Pläne zu machen, wie man noch mehr Fenster unterbringen könnte. Unser Zimmer ist wie ein Wintergarten – so schröcklich peinlich. Daher trage ich meine Stricksachen immer über die Straße zur Krypta der Sankt-Sebastian-Kirche, und ich bin sicher, Sie haben nichts dagegen, auch mitzukommen. Vielleicht haben Sie ein Mikado-Kästchen oder ein Tisch-Krocket-Spiel dabei, aber ich fürchte, dem Pfarrer würde das nicht gefallen. Ein netter Mensch, aber schröcklich speziell. Wir müssen das Ende dieses Stücks abwarten, die erste Geige ist so empfindlich.»

Sie warteten alle geduldig, während das Stück weiterging. Es war ein einfaches, ereignisloses Stück, das ein Verwandter der Higginsens komponiert hatte und das deswegen von der Hausgemeinschaft geschätzt wurde.

«Eine Sache verwirrt mich», sagte die Hexe, indem sie sich eine bewegende Pause zunutze machte, in der eine Geige allein einen sehr langen, leisen Ton giemte. «Warum ziehen sich nur hässliche Melodien so in die Länge?

Haben Sie bemerkt, wie etwa ein Pfau oder eine Katze auf der Mauer oder ein Baby mit einer Blechtrompete ihre Dienste enorm großzügig stundenlang zur Verfügung stellen, während ein Rotkehlchen auf einem verschneiten Baum oder eine Nachtigall oder eine Fee ...»

Sie wurde von einem polternden Geräusch im Schirmständer unterbrochen, und nach einer kurzen, eher peinlichen Verstrickung in ein Schmetterlingsnetz näherte sich keuchend Harold der Besen.

«Ich muss gehen», sagte die Hexe. «Ich wette mit Ihnen um zwei Pence, dass wir heute Nacht noch Spaß haben werden. Sarah Brown, ich komme zurück und hole dich, sobald alles vorüber ist.»

Lady Arabel und Sarah Brown überquerten die Straße zur Kirche, und Richard folgte ihnen im Abstand von ein paar Yards.

«Ich fürchte, meine kleine Abendgesellschaft war kein großer Erfolg», sagte Lady Arabel vertraulich. «Rrchüd und Angela hatten kein angeregtes Gespräch über okkulte Themen, anders als Meta Ford es vorausgesagt hatte. Natürlich war Rrchüd, wie Sie bemerkt haben, schröcklich aufgekratzt und unbeschwert; alle jungen Männer sind während der ersten Stunden ihres Urlaubs so. Von Natur aus hat er ein schweigsames Gemüt, auch wenn man das nach dem heutigen Abend nicht denken würde.»

Ein Flecken Artilleriefeuer erschien entfernt am Himmel, gerade als sie die Tür der Krypta erreichten. Dort wartete der sehr beleibte Hund des Pfarrers (sind nicht alle hochwürdigen Hunde fett?) und sah gelangweilt aus.

«Der Pfarrer erlaubt keine Tiere im Inneren der Krypta. Für Mrs. Perrys Kanarienvogel, der Anfälle hat, ist das sehr hart. Ich war einmal hier, als der jüngste Sohn des Pfarrers unter seinem Mantel einen Hasen hereinbrachte. Eine schröckliche Szene, meine Liebe.»

Nun muss man wissen, dass dieser Bezirk von London ein ziemlich mutiger war. Wenn der Krieg schon zu ihnen nach Hause gebracht werden musste, meinten die Einwohner, dann schrieb es die allgemeine Höflichkeit vor, dass er sie auch zu Hause antreffen sollte. Daher waren nicht mehr als ein Dutzend Leute in der Krypta. Die meisten von ihnen waren ältere, strickende Damen aus der weniger angesehenen Gegend des Bezirks. Der Pfarrer bemühte sich, ihnen Trost aufzudrängen, hatte aber wenig Erfolg, denn sie waren alle ziemlich zufrieden dabei, die Todesfälle in ihren Familien zu diskutieren.

Der Lärm des Artilleriefeuers rückte näher und ließ wie der unsichere Gang eines betrunkenen Riesen den Boden erbeben. Sarah Brown konzentrierte sich auf eine Abendzeitung und las eifrig wieder und wieder eine dieser Spalten mit vertraulichen Werbeanzeigen von Mensch zu Mensch, die alle mit Begeisterung studieren und dabei umso entschlossener werden, den beworbenen Artikel niemals zu erwerben. Doch dann fielen ihr Richards herumfuchtelnde Hände ins Auge, und sie sah ihn an. Er saß neben seiner Mutter auf einer steinernen Stufe und schien in einer ruhigeren Stimmung zu sein, zumindest versuchte er sich an keiner *Erscheinung*. Gleichwohl dachte Sarah Brown, dass er eine Aufgeregtheit unterdrückte, und tatsächlich sagte er kurz darauf: «Ich muss schon sagen – es wird mir sehr viel Spaß machen, die Nachwelt und die Amerikaner und andere wehrlose Unschuldige über all das zu belügen.»

Ihnen gegenüber saßen auf zwei Campinghockern eine junge, verärgert aussehende Mutter von fünfzig Jahren mit ihrer alten, harten Tochter, die um die sechzehn war. Hart war die Tochter auf jederlei Weise: Sie hätten ihre Lebensjahre in Wintern bemessen, nicht in Sommern, so offensichtlich unzart wirkte ihr Alter. Ein eiserner geflochtener Zopf reichte etwa sechs Zoll lang ihre Wirbelsäule hinunter; ihre Füße und Knöchel ließen den Campinghocker, auf dem sie saß, geradezu jämmerlich ätherisch aussehen. Aus solch einem Stoff ist das Rückgrat Englands gemacht, was vielleicht der Grund ist, weswegen das Rückgrat Englands manchmal so erbärmlich steif scheint.

Draußen erklang ein kreischender Lärm, gefolgt von einem unerhörten Getöse. Es war, als risse eine bodenlose Kluft zwischen dieser Sekunde und der nächsten auf, sodass alle zum ersten Mal die erstaunte und erstaunliche Welt um sich herum bewusst wahrzunehmen schienen.

Lady Arabel sagte: «Natürlich weiß ich, Jungs sind eben Jungs, aber das geht wirklich ein bisschen zu weit. Seine Fenster waren Pinehursts einziges Hobby.»

Die campingbestuhlte Mutter stieß einen luxuriösen kleinen Schrei aus, sobald das Getöse sicher überstanden war. «Diese Verbrecher», sagte sie kokett. «Zielen wie immer auf Gotteshäuser. Ich bin vor Entsetzen komplett gelähmt. Mary, Liebes, ich glaube, du hast nicht mit einer einzigen Wimper gezuckt.»

«*Pas un ciel*», erwiderte die Tochter, wobei ihr ein verständlicher Fehler unterlief. Es war leicht zu erkennen, dass sie daheim sehr geliebt wurde, und man fragte sich, warum.

Das Geräusch der Geschütze schien nach der Bombe nurmehr die negative Form von Klang zu sein, und über das Feuern hinweg war deutlich ein Heulen zu hören. Der Hund des Pfarrers kam, immer noch heulend, in die Krypta gerannt.

«RUPERT!», sagte der Pfarrer mit schrecklicher Stimme und unterbrach sich dabei selbst mitten in einem aufmunternden Gemeinplatz. Aber er hatte keine Zeit, noch mehr zu sagen, denn auf Rupert folgte ein Zug von vielleicht einem Dutzend Menschen, die alle mit Bettlaken bekleidet waren. Jeder sah auf einen mitleidigen Blick, dass diese bedauernswerten Hausherren so plötzlich aus dem Schlaf gerissen worden waren, dass sie all ihre gewöhnliche vorstädtische Würde vergessen hatten und ihren zerstörten Häusern wahrscheinlich nur knapp mit dem Leben und jeweils einem Bettlaken entkommen waren. Ein sehr alter Mann kam herein, eine Junggesellin in den besten Jahren und dann eine sehr große Gruppe von Kindern im Alter zwischen zwei Monaten bis zwanzig Jahren, gefolgt von ihren Eltern, Lehrern oder Vormündern.

Ein Geschütz in größerer Nähe fing an zu feuern, und eine der alten Damen auf der anderen Seite der Krypta warf plötzlich ihr Strickzeug hin und fing an, ihre Sünden zu beichten. «Oh weh, inne Hölle werd ech komm'n», schrie sie dramatisch. «Ech bin so 'ne jemeine alte Frau jewes'n. Ech hab fast mein erst'n Alten ums Eck jebracht, hab ihm 's Hackbeil an 'n Dez jestoß'n, und, Großgütticher, de Lüjen, de ech meim zweit'n jestern erst verzählt hab.»

«Dies ist in der Tat ein feierlicher Augenblick», sagte die in ein Laken gewickelte Junggesellin und setzte sich neben Lady Arabel hin. «Ich hoffe, ich begegne ihm mit der angemessenen Haltung, aber man ist freilich letzten Endes nur ein Mensch und natürlicherweise nervös. Ich habe meine Aussage auswendig gelernt.»

«Welche Aussage?», fragte Lady Arabel, die ziemlich vertieft war in die Ferse der Socke, die sie gerade strickte.

«Die Erklärung, die ich abgeben werde, wenn die Schafe von den Ziegen geschieden werden.»

«Oh, aber was denn», sagte die liebenswürdige Lady Arabel. «So schlecht stehen die Dinge doch sicher nicht. Sie dürfen nicht so schröcklich pessimistisch sein.»

«Sie missverstehen mich», sagte die Dame im Laken abwehrend. «Es gibt, dessen bin ich mir sicher, überhaupt keinen Grund für Pessimismus seitens meiner Person. Ich habe keine Bedenken, was das Urteil betrifft. Aber da ich Gerichtshöfe nicht gewohnt bin, dachte ich, es sei das Beste, meine Aussage, wie ich sagte, auswendig zu lernen.»

Die alte Strickerin war ziemlich verärgert darüber, dass man ihre Beichte unterbrochen hatte. «Ech bin vielleicht 'n jemeines altes Weib», sagte sie würdevoller, «aber ech werd nie nich bedaur'n, dass ech de dammichten Hilfsschandarm heut Morjen mein Meinung jesacht hab, als der bei de Zucker-Schlange frech wurd. Ech sach zu ihm ...»

«Wir haben alle unsere Fehler», redete Lady Arabels Nachbarin dazwischen. «Aber ich denke, in diesem feierlichen Augenblick darf ich dankbar dafür sein, dass das vorschnelle Zuweisen von Schuld nie einer von meinen war. Mein ganzes Leben lang habe ich es mir zu einer unabänderlichen Regel gemacht, nie eine Aussage zu tätigen, ohne mich zuerst zu fragen: Ist es WAHR? Ist es GERECHT? Ist es GÜTIG?»

«Da haben Sie sicher recht», antwortete Lady Arabel freundlich. «Ich wünschte nur, die jüngere Generation würde Ihrem Beispiel folgen. Heutzutage heißt es viel wahrscheinlicher: Ist es wahr? Nein. Ist es gerecht? Nein. Ist es WITZIG? Ja. Und schwups – raus ist es.»

«Wie dem auch sei», sagte das damenhafte Wesen. (Sogar durch das Bettlaken konnte man sehen, dass sie eine Echte Dame war. Sie las selbstredend täglich die *Morning Post*.) «Wie dem auch sei, vielleicht können Sie mir in *einer* kleinen Angelegenheit behilflich sein, die mich selbst in diesem feierlichen Augenblick ein wenig fasziniert. Meinen Sie, den Schafen wird es gestattet werden, sich den Prozess der Ziegen anzuhören, oder wird der Gerichtssaal geräumt werden? Ich muss sagen, es würde mich doch sehr interessieren, die Verteidigung des seligen Gemeindevorstehers zu hören, der durchgebrannt ist mit ...»

«Ach, bitte, bitte», sagte Lady Arabel, «reden Sie nicht

auf diese schröckliche Weise. Lassen Sie Ihre Gedanken nicht beim Schlimmsten verweilen. Ich versichere Ihnen, es wird alles gut enden für Sie.»

«Natürlich wird für mich alles gut enden, wie Sie es formulieren», sagte die ältere Junggesellin und richtete sich kühl auf. «Alle können bezeugen, dass ich in meiner kleinen Ecke meine Kerze am Brennen gehalten habe ...»

«Ach du liebes bisschen», kreischte die kokette Mutter. «Eine brennende Kerze – heute Nacht. Und wahrscheinlich nicht verdunkelt. Wissen Sie nicht, dass diese Teufel am Himmel stets nach der kleinsten Lichtquelle Ausschau halten?»

«Teufel am Himmel!», rief die Dame im Laken aus. «Wollen Sie damit sagen, dass sie sogar in diesem feierlichen Augenblick umgehen?»

«Ach, reden Sie doch nicht solchen Blödsinn», bat die harte Flapper inständig. «Wer, zur Hölle, meinen Sie, war für dieses Getöse verantwortlich?»

«Für das Getöse verantwortlich!», sagte die andere, deren Tonfall zunehmend von Ausrufungszeichen wimmelte. «Sind denn die Lakaien des Bösen Geistes mit der feierlichen Aufgabe betraut worden, uns zu rufen?»

Ein Getöse in Serie unterbrach sie, das Werk des Geschützes in der Nachbarschaft. Die Erde bebte, und auf jeden Knall folgte das eigentümliche ätherische Heulen von Granaten im Anflug.

«Was, schon wieder?», rief Lady Arabels lakenumwickelte Nachbarin. «Ich hätte gedacht, einer wäre mehr als genug gewesen. Aber freilich, man kann nicht umsichtig genug sein, und manche Menschen schlafen sehr tief. Ich selbst habe den ersten – es war unmöglich, ihn zu verkennen – gehört und bin sofort aufgestanden, obwohl mir die Tafel schwer auf der Brust lag ...»

«Sehr unklug», sagte Lady Arabel, «so etwas so spätabends anzurühren. Ich selbst trinke immer ein wenig Ovomaltine.»

Sarah Browns Blick fiel zufällig auf Richard. Seine Augen waren geschlossen, aber er lächelte sehr breit mit zusammengepressten Lippen, und sein Gesicht war der Decke zugewandt. Seine Finger lagen sehr angespannt und geschäftig in seinem Schoß, als würde er immer noch mit Magie herumspielen. Jedoch wurde ihre Beobachtung unterbrochen von der lauten, anprangernden Stimme des sehr ehrwürdigen Mannes, der den Zug der Zuspätkommenden angeführt hatte.

«Ein Hund an diesem geheiligten Ort», sagte er und zeigte auf den zutiefst bestürzten Rupert, der sich nervös zwischen den Beinen seines Herrchens hindurchschlängelte. «In den ganzen vierzig Jahren meines Dienstes hier habe ich niemals einen solchen Frevel zugelassen ...»

«Gemach, gemach, mein lieber Herr», begehrte der Pfarrer ein wenig erregt auf. «Ich bin der Pastor dieser Kirche, und der Hund gehört mir. Ich war in der Tat dabei, ihn hinauszuwerfen, als Sie hereinkamen, woraufhin ich es für den Moment aus den Augen verloren hatte. Rupert, geh nach Hause.»

Rupert heulte erneut und legte sich hin, als würde er gleich in Ohnmacht fallen.

«Vierzig Jahre bin ich Pfarrer dieser Gemeinde gewesen», sagte der Altgediente, «und niemals ...»

«Wie bitte?», unterbrach der Pfarrer. «Vierzig Jahre Pfarrer dieser Gemeinde. Dann müssen Sie der Kanoniker Burstley-Ripp sein. Wie ungemein außergewöhnlich. Ich hatte es immer so verstanden, dass er vor gut zehn Jahren verstorben sei.»

Er näherte sich dem alten Mann und bemühte sich, ihn zu fassen zu kriegen. Das Bettlaken hinderte ihn zunächst an diesem Vorhaben, aber dann gab er sich zufrieden damit, eine kleine Ecke des Lakens zu ergreifen, an der er seinen betagten Pfarrersbruder in eine Ecke führte. Dort konnte man eine geraume Zeit lang hören, wie sie einander in leisem, ernstem Tonfall missverstanden.

«Oh, was 'ne jemeine alte Frau ech jewes'n und bin», sprudelte es plötzlich wieder aus der bußfertigen Strickerin hervor. «Ech hab 'n halbs Pfund Zucker jestohl'n von de Luxsuss-Hutlad'n, wo ech 'n bissl sauber mach. Wenn ech hier lebendich rauskomm, ech schwörs, ech zahls hunnertfach zurück – wenn ech denne so viel mit mein Zuckerkarte krich ...»

Sarah Brown wurde schläfrig. Eine Leere drang in ihre Gedanken vor, die Unterhaltung in der Krypta schien ihre Bedeutung zu verlieren und vornehmlich aus s-Lauten zu bestehen. Träge sinnierte sie über die Familie von Kindern mit ihren Ältesten, die jetzt alle einander mit einem gewissen Ausdruck der Ernüchterung betrachteten. Es war eine Gruppe, deren Beziehungen schwer auszumachen waren, da das Alter der vielen Kinder unnatürlich nahe beieinanderlag. Da schienen wenigstens sieben Kinder unter drei Jahren zu sein, und doch hatten sie alle eine starke und bedauerliche Familienähnlichkeit. Einigen der Babys hätte man kaum zugetraut, das Laufalter bereits erreicht zu haben, jedoch war keines hereingetragen worden. Die Frau, die sich einzubilden schien, die Mutter dieses ungeordneten Haufens zu sein, verteilte, wie es aussah, so etwas wie hastige letzte Ratschläge. Der Vater war mit nachdenklichem Blick offenbar bemüht, sich an ihre Namen zu erinnern, und flüsterte immer wieder einem Mann etwas zu, der scheinbar zwanzig Jahre älter war als er, den er aber mit Sohnemann ansprach. Es war alles sehr verwirrend.

Eine lange, trübe Spanne Zeit schien vergangen zu sein, als plötzlich der Ton eines Signalhorns durch den Raum schnellte. Die Luft fühlte sich irgendwie sofort kühler und gesünder an, der Klang der Entwarnung hatte etwas vom Anblick der Sonne nach einem Gewitter, die eine hingekauerte, gepeitschte Welt aufleuchten ließ.

«Die Posaune – endlich», sagte Lady Arabels schwatzhafte Nachbarin, erhob sich eilfertig und zupfte ihr Laken zurecht, sodass es vorteilhaftere Falten warf. «Ich hatte mich gerade gefragt ...»

Aber in diesem Moment näherten sich die beiden Pfarrer, und der ältere Geistliche sprach mit priesterlicher, allerdings verlegener Stimme, wobei er sowohl die Junggesellin als auch die geheimnisvolle Familie durch einen Blick miteinbezog.

«Liebe Freunde, ein geringfügiger, aber unangenehmer

Fehler ist aufgetreten, und ich fürchte, ich muss Sie bitten, sich blindlings meiner Führung zu unterwerfen in einer Angelegenheit, die seltsam schwer zu erklären ist, geradeso wie ich – selbst in großer Verwirrung – mich dem Rat meines ehrwürdigen Freundes hier beuge. Es wäre fehl am Platze ...»

Die Junggesellin unterbrach, und an der Art und Weise, wie sie es tat, erkannte man, dass sie Andersgläubig war. «Entschuldigen Sie, Kanoniker», sagte sie bissig, «doch ist nicht jedwede Diskussion fehl am Platze in diesem feierlichen Augenblick?»

«Glauben Sie mir, gnädige Frau», erwiderte der betagte Burstley-Ripp. «Sie überschätzen die Feierlichkeit des Augenblicks. Ich muss Sie alle ernsthaft darum bitten, mit mir an jene Stätten zurückzukehren, von denen wir – einem außerordentlichen Irrtum unterliegend – heute Nacht gekommen sind. Ich sehe, dass mir Mrs. Parachute vertraut und bereit ist, ihre kleine Schar wieder zur Ruhe zu führen. Sie, gnädige Frau ...»

«Wenn Mrs. Parachute führt, liegt es mir fern, hintan zu bleiben», sagte die andere ziemlich aus der Ruhe gebracht, während sie ihr Bettlaken um sich zusammenraffte. An der Art und Weise, wie sie es sagte, erkannte man, dass sie und Mrs. Parachute nicht miteinander verkehrten. Sie verbeugte sich vor Lady Arabel und wurde sarkastisch, gar schalkhaft. «Guten Tag, Mrs. ... äh ... Mir wird versichert, dass der Augenblick kein feierlicher ist, und deswegen soll er kein feierlicher sein. Um uns leichteren Themen zuzuwenden: Ich hoffe, ich werde das Vergnügen haben, Sie und Ihren reizenden Sohn und Ihre entzückende Tochter in nicht allzu ferner Zukunft wiederzusehen, wenn der Augenblick dann wirklich feierlich sein wird. Ich fürchte, ich habe keine Visitenkarte bei mir, aber ... äh ... vielleicht würde meine Tafel just da draußen – sehr edler Granit – als Ersatz genügen ...»

Die blasse Gruppe verließ die Krypta und verschwand. Der übrig gebliebene Pfarrer schlug sich auf die Stirn und sprach den jetzt ruhigen Rupert mit leiser Stimme an, aber mit einer derart unerklärlichen Wärme, dass das abgespannte Tier hastig in Richtung seines Zuhauses verschwand.

Lady Arabel, Sarah Brown und Richard überquerten gemeinsam den Kirchhof.

«Oh, meine Lieben, schaut», sagte Lady Arabel. «Wie allzu, allzu schröcklich, diese Bombe ist ganz in unserer Nähe eingeschlagen. Schaut nur, wie sie die Gräber aufgelassen hat ...»

KAPITEL 6

Ein Luftangriff von oben betrachtet

Das Mondlicht lag wie Sahne auf dem Bürgersteig, als die Hexe und ihr Besen Harold die Türschwelle der Higginsens verließen. London war eine stille Schweiz in Silber und Sternengrau, von Menschen unbefleckt. Das Mondlicht hatte einen Hauch von blassem Grün, und die Lampen, die ihr trübes Licht nach unten warfen, waren wie Glockenblumen auf Feenlands Feldern.

Die Hexe stieg auf. Harold, der ein waschechtes Vollblut war und ziemlich neurotisch, zitterte unter ihr, jedoch nicht vor Angst. Sie erreichten Piccadilly Circus mit übernatürlicher Geschwindigkeit und rasten darüber hinweg. Der Klang verhaltenen Singens von Menschen, die in der U-Bahn Zuflucht gesucht hatten, drang zu ihnen herauf. Hier sagte die Hexe zu Harold «Jup», und er bäumte sich auf und schoss in die Höhe, wobei er nur knapp die Statue von Einem-der-gerade-den-Bus-erwischt verfehlte, die die Mitte des Circus markiert.

Sobald die Hexe die erwartungsvollen Geräusche von London weit hinter sich gelassen hatte, hörte sie ganz deutlich das Näherkommen der Gäste Londons. Sie rückten mit einem Chor aus vielen Tönen – allesamt tief und gefährlich – an.

Ein paar Wolken zogen zwischen den Sternen umher, und die Hexe und ihr treuer Harold begaben sich zu einer von ihnen. Eine Wolke bietet magischen Menschen recht vernünftigen Halt, und die meisten Hexen und Zauberer haben Freude daran, knietief in diesen quecksilbrigen Kontinenten herumzupaddeln. Sie wandern unter dem glühendsten Himmel durch leuchtende, sich ständig verändernde Täler; sie erklettern die purpurnen Donnerwolken oder lassen die erste Schneeflocke eines Blizzards los; sie springen von rosa Wolkentrittstein zu rosa Wolkentrittstein – keiner größer als die Hand eines Babys – über großartige Sonnenuntergänge hinweg. Oft, wenn ich in London mit einer Regenflut ringe oder während der Nebel über nicht sichtbare Fremde in Rinnsteine stolpere, denke ich fröhlich an das sonnenbeschienene Wolkendach über meinem Kopf und an die Hexen und Zauberer, die ihre Mäntel ausgezogen haben und inmitten von Wolkenwiesen auf dem Rücken liegen, in einer Pracht vollkommenen Sommers und Sonnenlichts.

Die Hexe lag, mit einer besänftigenden Hand auf der die Borsten sträubenden Mähne ihres Harold, bäuchlings auf der Wolke, die sie sich ausgesucht hatte, und sah durch ein kleines Loch darin hinunter. Es war praktisch die einzige vorhandene Wolke, die vernünftige Deckung bot; die anderen waren bloße Fitzelchen Himmelsgras, die im Mondlicht dahinschwebten.

Es befand sich jetzt ein größerer Chor von Flugzeugen unter ihr; der ganze Himmel hallte davon wider. Die Hexe konnte eine Maschine mit tiefer Bassstimme hören, einen

Bariton, einen tremolierenden Tenor, und – so dünn und scharf wie eine Nadel – einen leisen, schrillen Sopranton, der Harold veranlasste, sich aufzubäumen und zu versuchen, sich frei zu machen.

«Eine andere Hexe», sagte die Hexe. «Ich hatte mich schon gefragt, warum die Hunnen ihre Magie bis jetzt nicht organisiert bekommen haben.» Sie bestieg ihren Harold und glitt von der Wolke.

Die Geschütze brüllten jetzt, und die Granaten heulten und zerbarsten nicht sehr weit unter ihnen, aber Harold zitterte nicht mehr. Schneller als eine Sternschnuppe schoss er herab, und binnen einer Sekunde war die fremde Hexe in Sicht, eine schwerfällige Figur, deren Besen ziemlich kurzatmig klang – wahrscheinlich aufgrund des Langstreckenflugs und der einhundertsechsundneunzig Pfund teutonischer Magie auf seinem Rücken. Am Stielband des deutschen Besens war ein gefährlich aussehender Apparat befestigt, der offenbar dafür gedacht war, unangenehmen Zauber nach unten zu versprühen. Diese Vorrichtung verursachte anscheinend einige Schwierigkeiten, denn die deutsche Hexe war so sehr damit beschäftigt, dass sie zunächst vom Anflug Harolds und seiner Reiterin weder etwas sah noch hörte. Erst als ein schwerer Brocken Magie sie traf und fast aus dem Sattel warf, wurde sie sich der Bedrohung gewahr. Binnen einer Sekunde hatte sie jedoch einen Abwehrzauber parat, und der Kampf begann. Die zwei Besen bäumten sich auf und kreisten umeinander und über- und untereinander hinweg. Aus den Fingerspitzen ihrer Reiterinnen knisterte Magie der explosivsten

Sorte, und Zaubersprüche von derartiger Wucht wurden ausgetauscht, dass, wie mir erzählt wurde, die Ziegel und Schornsteinaufsätze der Dächer in den Straßen darunter erheblich litten. Herum und herum und drüber und drunter wirbelten die Besen, bis die Örtlichkeiten selbst verrückt wurden, und London albtraumhafte Abhänge hinab in einen stürmischen Himmel zu rasen schien, während seine Lichter von Pol zu Pol schwangen und sich in den Sternen verfingen.

Beide Besen waren mittlerweile so wahnsinnig aufgereizt, dass keine der beiden Hexen mit ihren magischen Wurfgeschossen besonders sorgfältig zielen konnte, und tatsächlich dauerte es nicht lange, bis Harold völlig außer Kontrolle geriet. Nachdem er ein- oder zweimal heftig gebockt hatte, stieß er einen ungestümen hohen Schrei aus, der so klang wie der Wind, der durch die wilde Waldvergangenheit seiner Art heulte, fiel über den anderen Besen her und presste seine Borsten in dessen Kehle. Der Schock des Zusammenstoßes war für beide Hexen zu groß. Unsere Hexe – wenn ich sie so nennen darf – wurde über Harolds Kopf geworfen und landete auf der üppigen Brust ihrer Widersacherin, die infolgedessen das Gleichgewicht verlor. Gemeinsam stürzten sie in die Tiefe.

«Oh, verloren, verloren ...», rief unsere Hexe, und durch ihren Kopf rauschten Gedanken an grüne, sichere Orte und vergangene, sichere Jahre und die kleine Hütte in einem hellen Glockenblumenwald, wo sie geboren worden war. Sie hatte Zeit, sich an den blauen Boden zu erinnern, auf den das Sonnenlicht Wellen und Sterne malte, und daran, wie in den feinen Mainebeln die Bienen die Glockenblumen herunterzogen und auf ihnen zum Lied des Kuckucks hin und her schaukelten; sie hatte Zeit, an die grünen Kugelgeister der Glockenblumen zu denken, die im Wald herumspukten, nachdem der Frühling gestorben war. Glockenblumen und Jungsein erfüllten alle ihre Gedanken, und es dauerte eine Weile, bevor sie bemerkte, wie langsam sie und ihre Feindin hinabfielen.

Denn sie waren ineinander verhakt. Und der Umhang der feindlichen Hexe, ein konventioneller Hexenumhang abgesehen von seiner Farbe – deutsches Feldgrau statt Rot –, war ausgebreitet wie ein Fallschirm und leistete ihnen bei ihrem friedlichen und fast zärtlichen Sinkflug Schützenhilfe.

Möglicherweise hätten sie sanft auf dem *Strand* landen können, und die Autoritäten würden inzwischen die Festnahme einer besonders peinlichen und unerklärlichen Gefangenen bedauern. Doch kam etwas dazwischen. Die Wolke – wie ein Schaf, das unter dem Mangel anderer Schafe leidet, denen es folgen kann – hatte die Szene noch nicht verlassen. Der Kampf der Hexen hatte sich nach oben hin entwickelt, und er war mehrere Hundert Fuß über dem Niveau der Wolke, die anscheinend im Sinken begriffen war, zu Ende gegangen. Der Abwärtskurs des Falls der Kämpferinnen wurde daher gestoppt, und sie landeten noch immer ineinander verhakt auf der Wolke, mit dem Gesicht nach unten ausgestreckt und eingesunken, mit Augen und Mündern voller wolliger Wolkenbüschel.

Unsere Hexe war die Erste, die sich wieder erholte. Sie stand auf, bürstete sich ab und bemerkte: «Beim Jupiter, Ihr Fallschirmumhang da ist ein toller Trick. Ich wünschte, ich hätte daran gedacht. Ich lasse meine Gala-Kluft immer im Schrank, blöd, wie ich bin. Ein, zwei Nadelstiche und ein paar Längen Fischbein hätten gereicht, und mein Umhang wäre auch so ein Fallschirm.»

Die Deutsche war eine ältere Frau und den seltsamen Zufällen des Krieges gegenüber weniger anpassungsfähig. Sie schwieg einige Minuten lang, während sie in dem kleinen Krater saß, den ihr Fall in die Wolke geschlagen hatte. Sie war nicht direkt hässlich. Sie hatte die Art von Gesicht, bei dem man sich des Gefühls nicht erwehren konnte, dass man es selbst besser gemacht hätte oder dass man sich wenigstens mehr Mühe hätte machen können. Es sah aus, als wäre es lieblos aus sehr weichem Material geformt oder gar geknetet worden. Das Kleid unter ihrem geöffneten Umhang war vom Typ gewöhnliches deutsches Reformkleid, und sie hatte auch die Wackelpuddingfigur jener Frauen, die diesen Stil bevorzugen. Ihr Hexenhut nach Dienstvorschrift schwamm jetzt wahrscheinlich im Serpentine-See, und daher war ihr runder Kopf entblößt, auf dem zwei kräftige sandfarbene Flechtzöpfe einander ringsherum verfolgten.

Die Frauen sahen sich einige Sekunden lang gegenseitig an. In weiter Ferne konnten sie die fauchenden und knackenden Geräusche der miteinander kämpfenden Besen hören. Als sie hinaufsahen, konnten sie die beiden Krieger erkennen, wie schwarze Kometen in Kollision.

Unsere Hexe, die über eine gute Sehkraft verfügte, erkannte, dass der feindliche Besen die Oberhand hatte und dass der sich windende Harold wie eine Maus geschüttelt wurde. Ihre Borsten waren ineinander verhakt. Ein Zweig schwebte zwischen den Hexen herab, der, wie unsere Hexe erkannte, aus der Mähne ihres armen Harold stammte. Als sie dabei die Augen ihrem unmittelbaren Umfeld zuwandte, kam es ihr plötzlich so vor, als werde der Himmel größer, und dann begriff sie, dass dies daran lag, dass ihr Zufluchtsort kleiner wurde. Die Ränder der Wolke lösten sich auf. Endlich erkannte sie die ihr drohende Gefahr und dass sie im Nachteil war. Falls Harold getötet oder flugunfähig werden würde, könnte sie niemals wieder die Erde erreichen – außer mittels eines tödlichen Sturzes aus mehreren Tausend Fuß Höhe. Die feindliche Hexe mit ihrem genialen Umhangsbehelf, der sicher um sie festgebunden war, hatte eine realistische Chance zu überleben. Aber unsere Hexe war eine Anfängerin in Kriegsangelegenheiten, sie hatte keinen Beistand und war unglücklicherweise in ihr treues blaues, drei Jahre altes Serge-Kostüm gekleidet, samt ihrer kleinen Eichhörnchenstola.

Wie Sie wissen, hat die Magie Grenzen. Feuer ist in magischen Händen natürlich ein Spielzeug. Wasser hat seine sanftmütigen Momente, die Erde selbst kann manipuliert werden, und ein Zauberspruch kann den Menschen beziehungsweise alle seine Besitztümer strammstehen lassen. Aber der leere Raum ist eine zu große Angelegenheit; der leere Raum ist die unvorstellbare Hand, die diese zerbrechliche Illusion, welche unsere Welt ist, emporhält. Es gibt keine Macht, die dem leeren Raum spotten könnte, es gibt keinen Zauber, der zwischen uns und dem Mond nicht verloren ginge, und alle magischen Menschen wissen – und erzittern bei diesem Wissen –, dass sich in einem Atemzug, von einer Sekunde zur anderen, diese Hand schließen und die Schale der Zeit zuerst aufbrechen und dann zerdrückt werden könnte und Magie eins würde mit dem Nichts und dem Tod und allen anderen Illusionen. Deshalb verbeugt sich die Magie, die die anderen Elemente als ihre Bediensteten betrachtet, vor dem leeren Raum und muss, wenn es um Flugreisen geht, die Dienste eines so völlig eigenständigen Behelfs wie eines Besens in Anspruch nehmen.

Die Hexen standen sich auf ihrer kleinen instabilen Zufluchtsstätte im Königreich des leeren Raumes gegenüber. Unserer Hexe war insgeheim übel, und zugleich riss sie sich die Angst aus dem Sinn, wusste sie doch, dass der Tod lediglich ein unvollkommen gehütetes Geheimnis war und zudem kein böses. Immerhin haben wir ihn ungehört verurteilt.

Beide Hexen waren einer magischen Sprache mächtig und konnten sich einander verständlich machen. Keine von beiden kannte die Muttersprache der anderen. Aber als unsere Hexe mehrere große, heftige Tränen bemerkte, die die Wangen ihrer Gegnerin herabrollten, konnte sie mittels Magie sagen: «Heiliges Kanonenrohr, warum weinen Sie denn, meine Gute?»

«Ich weine nicht», erwiderte die deutsche Hexe. «Ich

würde keiner meiner Tränen erlauben, auf auch nur ein Weizenkorn in diesem Ihrem verfluchten Land zu fallen und es zu wässern. Ich weine sicher nicht.»

«Verfluchtes Land?», wiederholte die verblüffte englische Hexe. «Was meinen Sie mit ‹verflucht›? Das ist England, wissen Sie? England hat nichts Verfluchtes getan. Verwechseln Sie es nicht mit Deutschland?»

«England ist der Feind der Welt», sagte die Deutsche offensichtlich erfreut darüber, jemanden zu treffen, dem diese Information neu war. «Zu allen Zeiten ist es ein Räuberstaat gewesen, der die schwächeren Nationen vernichtet, seinen eigenen Reichtum durch Verrat vermehrt und jetzt seinen friedliebenden Nachbarn diesen Aggressionskrieg aufgezwungen hat.»

Unsere Hexe lachte. Sie vergaß ihre bedrohliche Lage. «Das ist wirklich ziemlich lustig», sagte sie. «Wissen Sie, was passiert ist? Sie haben die *Daily Mail* gelesen und sie missverstanden. Dieses ganze Zitat bezog sich auf Deutschland, nicht auf England. Deutschland ist das Land, das ungezogen ist. Sie haben einen Fehler gemacht, aber das macht nichts, ich werde es nicht weitersagen.»

Die Deutsche nahm keine Notiz von dem, was unsere Hexe sagte. Die vergangenen drei Jahre hatten sie zu einer Meisterin darin gemacht, keine Notiz zu nehmen.

«Und jetzt», fügte sie hinzu. «Nach all diesen beschwerlichen Monaten des Hoffens und des Langstrecken-Besen-Trainings, des Fallschirmtrainings und der Auseinandersetzungen mit der beschränkten Bürokratie, bin ich endlich hergekommen – und dies ist das Ergebnis.

Ich bin von meinem Besen getrennt, an dessen Stielband alle Keimbomben hängen – es sind die Keime der Zwietracht und des Aufruhrs –, ich bin auf einer englischen Wolke gestrandet, nicht mit einem Feind, der mir ausgeliefert ist, sondern mit einer armseligen und heimtückischen Zivilistin ...»

«Ihnen ausgeliefert», schnaufte unsere Hexe und erinnerte sich. Sie sah nach oben. Die Besen waren ihnen jetzt näher, und durch die atemlose Luft – inmitten des traumähnlichen Geschützfeuers unter ihnen – konnte sie das mühsame Keuchen des hart bedrängten Harold hören, der immer noch tapfer kämpfte, aber kaum noch einen Zweig auf dem Kopf hatte.

Die Flut des leeren Raumes stieg an. Der Rand der Wolke war kaum sechs Zoll von ihrer Hand entfernt. Der Verstand unserer Hexe lief über vor Gedanken an Invasionen und ansteigende Fluten. Es schien, dass sie ihr Leben lang auf einem sich verengenden Ufer gelebt hatte. In ihrer Erinnerung wurde aus jeder ihrer Morgendämmerungen eine gefährdete Stellung des Friedens auf einem bedrohten Felsen und aus jedem ihrer Abende eine goldene Sandfläche, die in den heranrückenden Schlaf abfiel. Sie begriff Alles als eine kleine hoffnungslose Garnison gegen die Armee des Nichts.

Sie umklammerte nervös ein Bisschen Wolke, und es löste sich in ihrer Hand auf. Unter gewaltiger Kraftanstrengung riss sie ihre Sinne zusammen.

«Wollen Sie damit sagen», sagte sie einen Moment später, «dass das arme liebe Deutschland wirklich glaubt, es sei im Recht und wir im Unrecht? Nun ja, wenn ich so darüber nachdenke, schätze ich, fühlt ein menschenfressender Tiger sich genauso. Er kämpft mit kühnem Herzen und heftigem Vorwurf, so wie wir es auch tun ...»

«Wir sind Kreuzfahrer», sagte die Deutsche. «Kreuzfahrer im Krieg mit Dem Bösen.»

«Nein, wie lustig – das sind wir auch», sagte unsere Hexe. «Aber wie äußerst merkwürdig ist es dann, dass zwei Kreuzfahrerinnen anscheinend gegeneinander kämpfen sollen? Wo ist dann Das Böse? Im Niemandsland?»

«Wir kämpfen», rezitierte die Deutsche geschmeidig, «denn England ist der Feind der Welt. Zu allen Zeiten ist es ein Räuberstaat gewe...»

Ganz in ihrer Nähe gab es eine gewaltige Explosion, und die Wolke taumelte und bebte. Etwa ein Fußbreit ihres deutschen Endes brach weg und wurde aufgelöst.

«Wir sind in Reichweite unserer Geschütze», sagte unsere Hexe und sah hinunter. «Anscheinend sinkt diese Wolke.»

«Sie wird nie tief genug sinken, um Sie zu retten», sagte die Deutsche und versuchte dabei, die Nervosität zu verbergen, mit der sie ihren steif aussehenden Umhang neu um sich anordnete. Sie selbst schien in gewissem Maße zu sinken; vielleicht schmolz die Wärme ihrer Emotionen die Wolke unter ihr. In der Tat saß sie jetzt anscheinend wie eine Statue im Hocksitz da, und ihre Gestalt war bis zur Taille in der Wolke versunken.

Die englische Hexe sah nach unten und sang dabei ein bisschen, um ihren *Kampfgeist* aufrechtzuerhalten. London sah exakt so aus wie die Karten, die Sie für sechs Pence von traurig aussehenden Herren auf dem *Strand* erwerben, nur dass es mit einer schütteren Schar Lichter besät war und hauptsächlich in Grau und dunklerem Grau gestaltet, und die U-Bahnen traten nicht so unanständig hervor. Mit überraschender Deutlichkeit konnte man das rhythmische Flüstern von Zügen und dem spärlichen Verkehr hören und einmal sogar das schrille, eigentümliche Organ eines Krankenwagens. So oder so, der leere Raum schien von diesen Geräuschen nicht gestört zu werden; seine Lautlosigkeit drückte auf das Gemüt der Zuhörenden wie ein schwerer Traum, und es ließ sich an nichts anderes wirklich glauben als an den leeren Raum. Unsere Hexe hatte das Gefühl, sie hätte London mit dem Finger vom Gesicht des leeren Raumes wegwischen können, und der Gedanke an die sieben Millionen Leben, welche in das Schicksal dieser Schiebekarte verwickelt waren, wirkte auf sie nicht mehr überzeugend. Sie zwang ihren Verstand, die Existenz der Menschheit wieder wahrzunehmen und die der kleinen Leben, die in kleinen Zimmern gelebt wurden.

«Von einer Kreuzfahrerin zur anderen», sagte sie, «finden Sie, es stiftet viel Gutes, im Krieg gegen Das Böse Bomben auf Menschen in ihrem Zuhause abzuwerfen? Schließlich ist im Bettchen jedes Baby artig, und sogar Soldaten sind antimilitaristisch, wenn sie auf Urlaub sind.»

«Es stiftet stets Gutes, Ungeziefer in seinem Schlupfwinkel zu vernichten», sagte die Deutsche, während sie unentwegt versuchte, sich auf die Höhe ihrer leichteren Begleiterin hochzuziehen, die immer noch auf der Oberfläche der Wolke thronte. «Das Zuhause ist es, aus dem das Böse stammt; das Zuhause ist es, wo englische Frauen eine neue Generation von Feinden der Gerechten empfangen und gebären; das Zuhause ist es, wo englische Kinder zur Plünderei erzogen werden. Auf das Zuhause, den lebensnotwendigen Ort des Bösen, sollte die Geißel niedergehen.»

«Aber keineswegs doch», sagte unsere Hexe ungeduldig. «Das Zuhause ist es, wo die Menschen gütig sind und darüber nachdenken, was sie zu Abend essen werden und wo sie ihre Babys baden. Männer kehren in ihr Zuhause zurück, wenn sie verletzt oder hungrig sind, und Frauen, wenn sie einsam oder müde sind. Niemandem wird in seinem Zuhause irgendetwas Dummes oder Internationales beigebracht. Man kann einem Zuhause den Tod bringen, aber niemals eine gerechte Geißel. Niemand fühlt sich von einer Bombe in seiner Stube gegeißelt oder unterwiesen, er fühlt sich nur tot und tot ohne Grund.»

Die Wolke war jetzt sehr klein. Ihre hauchdünnen Ränder hoben und senkten sich sacht wie der Seegraskragen eines Felsens im Meer. Die Hexe hielt den Blick auf das Gesicht ihrer Gegnerin gerichtet, denn irgendwo anders hinzuschauen, erzeugte ein weißes Gefühl in ihrem Kopf.

«Kreuzzüge der hochexplosiven Sorte», sagte sie, «funktionieren nur auf Schlachtfeldern. In der Tat, sogar auf Schlachtfeldern – ach, was macht uns eigentlich aus, was macht uns eigentlich aus? Keine von uns tötet Das Böse, wir töten die Jugend ...»

«Ich weiß, ich weiß», weinte die deutsche Hexe. «Mein Zauberer ist bei Arras gefallen ...»

«Endlich sprichst du von Magie», sagte unsere Hexe. «Liebe Hexe, warum gehst du nicht nach Hause und fragst, wieso es ein guter Plan für einen Kreuzfahrer gegen Das Böse sein soll, einen anderen in die Luft zu jagen? Wie können zwei Menschen einander zur selben Zeit mit Recht geißeln? Es ist wie das alte Problem der zwei Schlangen, die einander – angefangen beim Schwanz – auffressen. Es muss irgendwo ein Missverständnis vorliegen. Oder aber etwas wirklich Böses.»

«Das ist es», sagte die Deutsche, die sich wieder fing. «England ist das Böse. England ist der Feind der Welt. Zu allen Zeiten ist es ein Räuberstaat gewesen, der die schwächer ...»

Aber sie hatte wenig Glück. Einmal mehr wurde sie von einer Explosion unterbrochen, einer viel lauteren direkt über ihnen. Unsere Hexe hörte den Lärm kaum; sie schien plötzlich am Höhepunkt ihres Lebens zu sein, und der Höhepunkt bestand aus Schmerz. Da waren der Schmerz und ein Gefühl furchtbarer Veränderung, die sie durchdrangen, ihr die Luft zum Atmen nahmen, und ein besonderer Schmerz in ihrer Schulter. Nach ein oder zwei Sekunden, so lang wie der Tod, begriff sie dunkel, dass sie wie eine Marionette völlig angespannt in einer Haltung verharrte. Ihre Hände waren erhoben in dem Versuch, ihren Kopf abzuschirmen, ihr Kinn war in ihre hochgezogenen Knie gepresst. Ihre blaue Serge-Schulter war außerordentlich nass und unbeweglich. Sie sah die Wolke entlang. Ihre Feindin war nicht da. Da war ein rundes Loch in der Wolke, und als sie sich unter Schmerzen in dessen Richtung neigte, konnte sie einige der Lichter Londons sehen und etwas, das ihnen überstürzt entgegenfiel.

Die Wolke war durch die zwei Explosionen in ihren Grundfesten erschüttert worden, und die deutsche Hexe, die vielleicht auf einer Nahtstelle in dem Wolkenmaterial gesessen hatte oder jedenfalls auf einem der weniger stabilen Teile des Gebildes, war hindurchgefallen. Ihr Fallschirmumhang war beim Sturz durch das Loch in der Wolke über ihrem Kopf umgestülpt und unbrauchbar gemacht worden. Über und um ihre stürzende Gestalt huschte hilflos ihr Besen und stieß dabei eigentümliche traurige Schreie aus wie die einer Möwe.

Während die englische Hexe noch das Verhängnis ihrer Feindin beobachtete, brach der größte Teil der Wolke, durch all die Erschütterungen und Bewegung geschwächt, mit einem Zischeln weg. Die Füße der Hexe hingen jetzt über dem leeren Raum, sie wagte nicht, sich zu bewegen; sie hatte Schwierigkeiten, mit ihrem unverletzten Arm in ein Gleichgewicht zu finden, denn ihre Hand hatte nur den Treibsand einer sich auflösenden Wolke, um sich darauf zu stützen. Sie konnte an nichts anderes mehr denken als an Gefahr und Schmerz.

Aber Harold der Besen kam zurück. Die Hexe hörte ein Rascheln dicht bei sich, und es erschreckte sie mehr als all der Lärm der Geschütze, der, wie es schien, von der vergessenen anderen Seite der Ewigkeit herüberklang. Der zerraufte Kopf Harolds tauchte über dem Rand der Wolke auf und schob sich mit rührender Achtsamkeit unter ihren Arm. Sehr vorsichtig und unter vielen Schmerzen erreichte die Hexe eine kniende Position, wobei sie trotz aller Sorgfalt mit jeder Bewegung ihren Zufluchtsort beschädigte. Sie keuchte vor Schmerzen, und Harold versuchte, sehr stark und hoffnungsvoll auszusehen, um sie zu trösten. Er streckte den Rücken gerade, und sie kroch in den Sattel. Die Erschütterung ihres Abflugs spaltete die Wolke in mehrere Teile, die zerflatterten. Es gab keinen Halt mehr auf ihr; die Flut war angestiegen und hatte sie überspült.

Harold der Besen war schwer angeschlagen, er strauchelte im Flug, manchmal fiel er zwanzig Fuß nach unten und drehte sich. Er vollführte aus Versehen Kunststücke.

Sie hatten gemeinsam nicht Kraft genug, um nach Hause zu gelangen. Sie mussten in der silbernen Einsamkeit von Kensington Gardens notlanden. Es ist ein vom Glück begünstigter Ort, denn es gibt dort viel Magie. Wo immer Kinder sind, die So-tun-als-ob spielen, wächst ein wenig Magie in der Luft, und daher ist der Wind in Kensington Gardens von Zauber durchdrungen, und der Runde Teich – der voll ist von reichen Kinderfantasien großer Kriegsflotten und immer wieder durchkreuzt wird vom unaufhörlichen Kielwasser von Schiffen voller Schätze und Romantik – ist aus Sicht magischer Menschen ein gesegneter See.

Die Hexe badete Harold, ihren Besen, in dem Runden Teich. Offensichtlich spürte er dessen heilende Natur sofort, denn nach der ersten Minute des Eintauchens schwamm er jubelnd umher und schüttelte Tropfen voller Mondlicht aus seiner Mähne.

Die Signalhörner bliesen in vielen Tonlagen rund um den hörbaren Horizont zur Entwarnung; ihr Klang passte zum nachlassenden Mondlicht.

Die Hexe badete ihre Schulter, und dann fand sie zu einem kleinen ruhigen Ort, den sie kannte, ein Ort, an dem kein Parkaufseher je nachschaut und wo zur Frühlingszeit heimliche und unbegärtnerte Osterglocken wachsen, ein Ort, an dem alle Mäuse und Vögel ohne Angst spielen, denn keine Katze findet den Weg dorthin. Man kann von diesem Ort aus den Serpentine-See sehen und die bronzenen Schatten unter seiner Brücke, aber keine Häuser und keine Eisenbahnen und keine Anzeichen von London.

Hier machte die Hexe ein kleines Feuer und lehnte darüber drei Stöcke aneinander; sie entzündete das Feuer mit ihrer Fingerspitze und hing den kleinen patentierten Klappkessel darüber, den sie stets an einer Chatelaine trug, die an ihrem Gürtel schwang. Und sie fertigte einen Zauber aus Gänseblümchenköpfen und nach Frühling duftenden Gräsern und den Wurzeln nicht geschätzter Unkräuter und den Moosen, die die winzigen Feenklippen des Serpentine-Sees bedecken. Über dieser Mixtur schüttelte sie den Inhalt eines ihrer kleinen papiernen Zauberpäckchen aus. All das kochte sie viele Stunden lang über ihrem Feuer, während sie mit angezogenen Knien und davor verschränkten Händen in der silbernen Dunkelheit danebensaß. Die Bäume schossen ins Mondlicht empor wie dunkle Springbrunnen aus den Fluten ihrer eigenen Schatten. Kleine Wolkenstreifen strömten wundervoll über den Himmel. Kein Geräusch war zu hören außer dem Klang des Wassers – wie ein unsicherer Spieler auf einem kleinen Instrument. Der Zauber war noch nicht fertig, als die Morgendämmerung über London hinwegzog und die Sonne aufging, die Saat eines neuen Tages, die in satte rote Erde gesät wurde. Die Bäume von Kensington Gardens erinnerten sich wieder an ihre Tageslichtschatten und vergaßen ihre nächtlichen Geheimnisse. Die Wasservögel schnellten – nachdem sie eine Weile lang mit peinlich genauer Sorgfalt ihre Schulterblätter kontrolliert hatten – hinaus auf einen See aus Diamanten. Ein Schleier aus Dunst und Vogelgesang schien über der Welt zu liegen. Das plötzliche Singen der Vögel wirkte, als sei nach langer Taubheit das Gehör des eigenen Herzens wiederhergestellt worden.

Die Hexe rieb ihre Schulter mit dem Zauber ein, nachdem sie zuvor aus den Blasen darin ein Schlückchen Zaubertrank hergestellt hatte. Dieses trank sie und wurde von ihrer Wunde und ihrer Erschöpfung geheilt – und allen ihren Wünschen, ausgenommen dem, mit ihrem Gesicht zwischen den Osterglocken zu schlafen. Sie war an diesem Morgen die Person auf der Welt, welche auf die schönste Weise allein war; niemand hätte sie finden können. Ein dünner Faden sehr blauen Rauches stieg von ihrem schwachen Feuer auf und verwickelte sich in den

Zweigen eines blühenden Baumes, aber der grobe Blick eines Parkaufsehers hätte ihn nie zu sehen vermocht. Sie war dem Fangnetz der grausamen Stunden entkommen; für sie war die besudelte Welt reingewaschen worden; für sie hielt aller Schrecken den Atem an; für sie herrschte absoluter Frühling und eine unschuldige Sonne und die Schatten von Osterglocken auf geschlossenen Augen ...

KAPITEL 7

Die Feenland-Farm

Da die Hexe sie nicht abgeholt hatte, ging Sarah Brown allein nach Hause, sobald die Busse nach dem Sturm wieder den Hafen verließen. Sie nahm an, sie würde die Hexe daheim vorfinden, aber im Haus Alleinleben waren nur der Hund David und Peony. David lag auf Peonys Bett und Peony unter dem Bett. Sarah Brown sah die beiden, als sie Peonys offene Tür passierte.

«Ach du lieber Augustin!», sagte Peony. «Isses ganz vorbei? Biste sicher? De Hunnen sin so verdammt link, du weisses ja nie nich, aber vielleicht blas'n se einfach einzweima innen Horn, um vorzugaukel'n, dasse fertich sin, und denne schmeiß'n se Bomben auf uns, wenn wir grad fröhlich unner unser Betten vorkomm'n.»

Mit einem rührenden Vertrauen in die vereinten schützenden Kräfte von zwölf Zoll Matratze und neun Zoll Hund hatte Peony beim Licht einer elektrischen Taschenlampe ein kleines broschiertes Buch mit dem Titel *Liebe in der feinen Gesellschaft* gelesen.

«Es ist wirklich ganz vorbei», sagte Sarah Brown, die auf dem Nachhauseweg ein Getöse von Gerüchten umwogt hatte. «Es heißt, wir haben wenigstens einen Boche abgeschossen. Tatsächlich sagt der Fährmann, seine Tante habe angerufen, und der Hilfsgendarm an ihrer Ecke habe gesagt, es sei eine weibliche Boche abgeschossen worden. Aber das klingt wenig wahrscheinlich. Ist die Hexe noch nicht nach Hause gekommen?»

«Allmächtcher, nee», erwiderte Peony. «De gute alte Ministrone kommt inner Mondscheinnacht nie nich heim. Ich denk, se geht nach Maidenhead zu 'n Juden, um sich fernzuhalt'n, und vorwerf'n kammer 's ihr ja kaum?»

«Ach, das ist schon okay», sagte Sarah Brown. «Ich kann einstweilen – ohne momentan etwas versetzen zu müssen – ein kleines Outfit fürs Land kaufen. Ich weiß, sie hat welche im Bestand.»

Mittlerweile war die Nacht alles andere als jung, in der Tat steckte sie bereits tief in ihrer zweiten Kindheit. Aber Sarah Brown und der Hund David suchten und probierten mehrere Stunden lang Land-Outfits an.

Der Laden war in drei horizontale Abteilungen gegliedert. Dem Boden am nächsten waren die Nahrungsmittel: Keksdosen untermauerten die Theke auf jeder Seite, Regimenter aus *Grape Nuts*-Frühstückszerealien standen in Paradereihen rund um die unteren Regale, unter dem Kommando von vereinzelten *Quaker*-Haferflocken. Auf der Theke waren kleine Schlösser aus Dosenfrüchten erbaut, während Behälter darunter verschiedene Getreidesorten, Zerealien und magische Vorräte fassten. Etwa auf Kopfhöhe fing die Haushaltswarenabteilung an: Bratpfannen lümmelten mit blechernen Kaffeekannen auf Gestellen herum, von ihren Besen geschiedene Kehrschaufeln waren platonisch mit Bügeleisen oder Pastetenformen verbunden, in einer Invasion der mittleren Regale waren

Stephens-Tinten mit «Süßigkeiten für einen Penny»-Bechern oder mit Schuhpoliturdosen alliiert, und ein Kranz von Schwämmen bekrönte den Champion einer Reihe von Kesseln in glänzender Rüstung. An der Decke befand sich die Textilabteilung. Arbeitsanzüge, Stiefelhosen von der Stange, Babysocken und rosafarbene Mysterien aus Baumwollflanell hingen zusammengekrümmt, als ob sie unter Schmerzen litten, über Stricken, die an den Dachsparren festgenagelt waren. Aus dieser Abteilung suchte sich Sarah Brown – die auf drei großen Keksdosen balancierte, welche auf der Theke platziert waren – sorgfältig und etwas eitel ihr Outfit aus. Der Gesamteindruck war nicht gut, aber das wusste sie nicht, denn sie begutachtete die Teile gesondert in einem nur sechs Zoll großen Spiegel. Sie war von einer einfachen Freude erfüllt. Denn jedwede noch so kleine Aufregung und jede Aussicht auf ein verändertes Morgen rührten sie stets auf absurde Weise an. Sie war nicht wirklich daran gewöhnt, überhaupt am Leben zu sein, und das war der Grund, aus dem sie der Magie so freundlich zugetan war.

«Binnen sechs Stunden», sagte sie, «werde ich auf dem Weg zu etwas völlig Neuem sein.»

Und binnen sechs Stunden war sie – pfeifend – auf dem Weg durch den Sprengel Feenland. Der Hund David rannte vor ihr zwischen den Gänseblümchen umher. Man kann die Hasen in diesem Land der glücklichen Tiere niemals fangen, aber sie sind keine Spielverderber und bleiben stets fair.

David Blessing Brown, ein Hund mit unabhängigen

jedoch liebevollen Gewohnheiten, hatte ungefähr vier Fünftel seines Lebens bei der Familie Brown verbracht. Er war drei Jahre alt, und obwohl er wehrdienstuntauglich war, trug er aus Prinzip Kaki – auf seinem Gesicht und auf einem symmetrischen, herzförmigen Fleck nahe seines Schwanzes. Für Sarah Brown war er Die Frage und Die Antwort, seine Gegenwart bedeutete ihrem Geist beständig, dass es Zeit zum Spielen war. So sehr wurde er geliebt, dass es ihr vorkam, als bewege er sich in dem zarten Dunst und dem stürmischen Verlangen der Liebe. Mit jedem anderen hatte sie nur dürftigen Umgang, aber ihr Hund David und sie enthielten einander keinen noch so flüchtigen Gedanken vor. Sie konnten oft von nicht wichtigen Wirtinnen und Passanten vernommen werden, wie sie sich in dem starken Suffolk-Akzent austauschten, der eine Art Insiderwitz zwischen ihnen war. Ich glaube, dass Sarah Brown den Hund David so sehr liebte, dass sie ihm eine Seele verliehen hatte. Andere Hunde machten sich auf jeden Fall nichts aus ihm. David sagte, sie hätten herausgefunden, dass sein zweiter Vorname «Segen» bedeutete, und sich deswegen über ihn lustig gemacht. Sein Gesicht war von den Narben ihres Lachens gesäumt. Aber ich weiß, dass die Feindseligkeit der anderen Hunde einen tiefer gehenden Grund hatte. Ich weiß, dass Menschen, die mit Engelszungen sprechen, von den Menschen gemieden und gehasst werden, und daher denke ich, dass Hunde, die sich dem Menschsein zu sehr annähern, von der Liebe ihrer eigenen Art ausgeschlossen werden.

Sarah Brown war der Sprengel Feenland nicht vollkommen fremd, aber sie war immer wieder überrascht von der Magie des Zauberwalds. Der Grüne Ritt verläuft gerade hindurch, so unglaublich gerade, dass, während man ihn entlangläuft, das Ende des Weges wie ein Stern an einem grünen Himmel am Ende des eigenen Blickfelds liegt. Ein Traum fesselt den Geist, während man den Wald durchquert; es ist wie ein Abbild der Ewigkeit, sodass, wenn man in den Schatten des Waldes hineingeht, Zeiten vergehen, die lange vor dem eigenen Leben begonnen haben, und wenn man wieder hinausgeht, scheint man tausend stille und vollkommen vergessene Leben gelebt zu haben. Uhren und Kalender haben in dem Wald keine Bedeutung; Jahreszeiten und Stunden durchgeistern ihn, wie es ihnen gerade gefällt, und halten sich an kein Gesetz. Genau wie die Sonne an einem stürmischen Tag eine bewegliche und schwer fassbare Flur in unserem menschlichen Wald vergoldet, so kommt und geht der Abend im Zauberwald wie ein Geist beim Anblick von Liebhabern der Nacht. Denn dort kann man unverwundert vom Ende eines Tages in seinen Anfang schreiten; dort können Sommer und Winter einander um einen Baum herum ausweichen; dort kann man auf einen Blick einen frühlingshaften Raufrost und ein herbstliches Erzittern der Lüfte sehen, einen wilden Kirschbaum in Blüte neben einem lohfarbenen Ahorn. Der Wald ist so tief und so dicht, dass er seinen eigenen Himmel erschafft und sich an seinen eigenen Regungen erfreuen kann und an seiner eigenen stillen Anarchie. Dort vergisst man diesen unseren Himmel, über dessen Angesicht irgendein Tyrann in herkömmlicher Reihenfolge unsere paar gefügigen Jahreszeiten treibt.

Ich denke, auf seine Weise träumte auch der Hund David den Traum, der Fußreisende durch den Zauberwald führt. Als er mit Sarah Brown unter dem fransigen Rundbogen genannt *Des Reisenden Freude* herauskam, der das Ende des Grünen Ritts überwölbt, strahlte David und war taufrisch vor Abenteuer, und sein Schwanz reckte sich senkrecht in die Höhe, als würde der Hund daran eine Flagge tragen.

Auf einem schroffen Berg inmitten einer riesigen grünen Wiese stand ein Schloss, genau wie Richard vorhergesagt hatte. Es war ZU VERMIETEN und sah nicht besonders frisch aus. Irgendein unternehmerischer Mensch hatte sich diesen trostlosen Zustand zunutze gemacht und eine Werbeanzeige an den Bergfried geklebt. Fast hätte man die Größe dieser Anzeige in Morgen messen können; sie pries eine Gesichtscreme an und stellte eine Dame mit einem Gesicht von entsetzlicher Größe dar, deren selbstredend makelloser Teint von den Nieten und Scharten verunziert wurde, die auf eine ziemlich erschreckende Weise aus dem Bergfried hervorragten.

Eichenbäume standen um den Fuß dieses blassen Berges herum, und der Gesamteindruck war ziemlich genau der von Petersilie um einen Kochschinken.

Zwischen zwei Eichen fand Sarah Brown, die einer Wegbeschreibung folgte, den Anfang des Gänseblümchenpfads. Es standen nicht nur Gänseblümchen überall auf dem Weg, sondern auch echte Veilchen auf beiden Seiten. Die Gänseblümchen sahen einem ins Gesicht, aber die Veilchen taten dies nicht, denn sie hatten krankhaft schlechte Manieren. Doch Manieren sind selbstverständlich eine billige Währung und zählen nicht viel; das Veilchen hat, da es ein Künstler ist, das Recht auf jedwede Manieren, die ihm belieben, während das Gänseblümchen überhaupt kein Temperament hat und keine Entschuldigung für Überspanntheit. Grashüpfer klöppelten fleißig und unparteiisch zwischen den Gänseblümchen und den Veilchen.

Hier außerhalb des Waldes herrschte wieder Wetter, und das Wetter war eher vielversprechend als wohlwollend. Es versprach weiterhin den ganzen Tag etwas, ohne genau zu erklären, worin sein Versprechen bestand, und ohne dass sich irgendetwas Besonderes erfüllte. Über eine Aussicht in grauem Schiefer zogen sich in steilem Winkel feine silberne Linien von Sonnenlicht.

Sarah Brown war ein wenig verdutzt darüber, am Tor der Higgins Farm einen kleinen Drachen vorzufinden. Er lag neben dem beschnittenen Buchsbaumbogengang um einen Baum zusammengerollt. Mit seiner braungrünen Färbung und einer fehlenden Flügelspitze war der Drache kein besonders schönes Exemplar. Sein Rückgrat war gezackt, besonders tief zwischen den Schulterblättern, wo er eine Art Kamm aufstellen konnte, wenn er verärgert oder aufgeregt war. Aber momentan schlief er, wobei sein düsteres und ziemlich wehmütiges Gesicht auf einer schuppigen Tatze ruhte.

Sarah Brown war unsicher, was sie tun sollte, aber der

Hund David nahm die Angelegenheit aus Versehen in die eigenen Pfoten. Er hatte gerade einen der Schlosshunde getroffen, eine dieser zitterschwänzigen Kreaturen, die sich bei dem eher mitleiderregenden Bemühen verausgaben, den frei erfundenen Ruf aufrechtzuerhalten, sie hätten Humor. David erwiderte den ersten scherzhaften Angriff dieses Hundes mit einer freundlichen Stichelei, sie traten einander ein- oder zweimal mit extravaganten Gebärden und trennten sich dann hysterisch, wobei jeder annahm, dass er vom anderen verfolgt würde. Das war dann auch der Moment, da David über den mit Stacheln versehenen Schwanz des Drachen stolperte. David fiepte, und der Drache erwachte. Er rollte sich plötzlich auf wie eine defekte Feder.

«Meine Güte», sagte er. «Schon wieder geschlafen! Ich habe auf Sie gewartet, und die Sonne auf meinem Rücken lässt mich immer schläfrig werden. Ich bin der Großknecht. Higgins rief an, dass Sie kommen.»

Er ging ihr voraus durch den kleinen grünen Bogengang, der zur Farm führte. Der Anblick erinnerte Sarah Brown daran, wie man in der U-Bahn-Station Golders Green den Zug, den man gerade verpasst hat, beim Eintauchen in den Tunnel beobachten kann. Sie lief hinterher.

Auf der anderen Seite des Bogenganges eröffnete sich der Abenteurerin der ganze Ausblick auf die Ebene, die Higgins Farm genannt wurde. Die Farmgebäude waren in dem Meer gepflügter Felder freundlich auf einer kleinen Welle zusammengehäuft. Mit Ausnahme von zwei bleichen Schobern in ihrer Mitte passten die Gebäude exakt in ihre Umgebung: Sie waren dunkelrot verputzt und mit sehr altem grünen und braunen Reet gedeckt. Jenseits der Gebäude war ein kleiner Wald, dessen Inneres von Glockenblumen erleuchtet wurde, und dieser Wald ging in einen Obsthain über, wo ein weißes Pony und ein kastanienbraunes Schwein anscheinend bestrebt waren, den gleichen Grashalm zu fressen. Die verschiedenen Abschnitte des Farmlandes lagen da, markiert in unterschiedlich intensiven Brauntönen, sehr jungem Grün und reiferem Grün, und jeder Abschnitt war mit Menschen übersät. Selbst aus der Distanz schienen sie kleine Menschen zu sein, und als Sarah Brown dem Schwanzende des Drachens folgend voranschritt, sah sie, dass die Arbeiter in der Tat alle nicht von gewöhnlicher menschlicher Größe waren. Der Größte, ein Mann, der einen Miniaturpflug hinter einem hochgewachsenen Pferd führte, mochte bis zu Sarah Browns Schulter reichen. Keiner von ihnen schien fleißig bei der Arbeit zu sein; sie standen in kleinen Gruppen da und unterhielten sich. Eine Gruppe tauschte gerade Zigarettenbildchen, als sie an ihr vorbeigingen. «Ich will mein Goldwaagen-Set der englischen Könige vervollständigen», sagte eine tragische Stimme. «Hat niemand Eduard den Bekenner?» Keiner von ihnen schenkte dem Großknecht irgendeine Beachtung.

«Ich fürchte, ich habe kein Talent zur Disziplin», seufzte der Drache. «Und Feen sind sowieso außergewöhnlich undisziplinierte Kreaturen. Aber wir kriegen einfach niemand anderen, und Higgins will keine deutschen Gefangenen beantragen. Macht euch wieder an die Arbeit, ihr Leute, los. Da, sehen Sie, sie widersetzen sich mir in gewissem Maß. Seit dem Tag, da die Kuhknechte mich in den Pferdeteich warfen, ist meine Autorität dahin – dahin, wohin die guten N**** kommen.»

Ich finde ja, dass es ziemlich viele Leute gibt, die das Wort «dahin» nicht aussprechen können, ohne den Satz über die guten N**** hinzuzufügen. Diese Leute haben einen schwammigen Verstand, in dem wie in einem Schrebergarten in die Furchen Floskeln gesät wurden. Gerade hatte der Drache «in gewissem Maß» gesagt, ohne das Maß genauer zu bestimmen – man konnte sehen, warum er kein Talent zur Disziplin hatte.

«Ich würde mich an diesem Job nicht versuchen», fuhr er fort, während er sich atemlos die ausgefahrene Straße entlangschlängelte, «allein, ich bin Richard Higgins enorm verpflichtet. Ich bin sein *Protidgé*, wissen Sie, er hat mich vor einem Haufen bösartiger Ritter gerettet, die mich schikanierten. Einer hatte, erinnere ich mich, seinen Stahlhelm an meinen Schwanz gebunden, und die anderen versuchten, ihre scheußlichen Speere zwischen meine Schuppen zu rammen. Wahrlich, es war ziemlich gefährlich, wissen Sie. Ich habe erlebt, wie jemandem auf diese Art ein Auge ausgestochen wurde. Ich bin kein sehr guter Kämpfer, obwohl ich vielleicht einen nach dem anderen hätte angehen können. Richard Higgins ritt mitten unter sie und schlug nach rechts und links auf sie ein. Meine Güte, er hat ihnen vielleicht die Leviten gelesen – und sie sind davongeschlichen. Danach hat er sich meines Falls angenommen, Erkundigungen eingezogen und mir diesen Job gegeben. Wir kommen irgendwie mit Ach und Krach zurecht, aber ich fürchte, ich bin dafür nicht wirklich geeignet.»

Sie erreichten den Teil eines Feldes, in dem sich zwischen weißen Schmetterlingen dicke Bohnen einer unschuldigen Kindheit erfreuten.

«Wenn es Ihnen nichts ausmacht», sagte der Drache schüchtern, «möchte ich Sie bitten, zwischen diesen Bohnenreihen zu hacken. Eine Hacke finden Sie an den großen Schober gelehnt. Dies ist Ihre Reihe, ich habe sie für Sie reserviert.»

Alle anderen Reihen waren mit Feenfrauen besetzt, deren Röcke hochgesteckt waren – denn nur die Amateurlandfrau trägt Stiefelhosen. Sie alle hatten Hacken, aber benutzten sie kaum. Sie sangen eigentümliche alte Rundgesänge wie Sommerträume; man konnte hören, wie Bruchstücke seltsamer Wendungen von Stimme zu Stimme weitergegeben wurden. Von Sarah Brown nahmen sie keine Notiz, und sie fing an zu arbeiten.

«Oh mein Einziger», sagte sie zu David. «Wie unbeschwert das Leben hier ist. Kein Wunder, dass sie singen. Jeder, der so auf großen Feldern arbeitet, muss doch singen. Na, ich erinnere mich sogar, dass der Shropshire-Bub, wie er selbst zugab, einmal aus Versehen beim Pflügen gepfiffen hat, bis eine fatalistische Amsel ihn in seine gewöhnlichen, tragischen Gedanken zurückrief.»

David saß unbequem auf einer dicken Bohne und protestierte gegen diese neue Manie. Einen Moment lang hatte er gedacht, dass sie mit irgendeinem patentierten Mäusefindgerät nach einer Maus suchte. Er hatte sogar versucht, ihr zu helfen und mit kritischer Pfote eine Ackerscholle umgewendet, aber ein Schnüffeln hatte ihm die triste Sinnlosigkeit der Sache aufgezeigt.

Sarah Brown hackte einige Stunden lang recht glücklich vor sich hin, und dann fing sie an, die Bohnen zu zählen, die noch vertrauensvoll in der Schlange darauf warteten, dass man sich ihnen widmen und sie von ihren Schwierigkeiten befreien würde. Es waren sechsundneunzig, entschied sie und richtete sich auf, vorgeblich, um ein Flugzeug zu begrüßen. Sie war sehr froh über die Flugzeuge, die gelegentlich über ihr Feld flogen und ihr eine Ausrede verschafften, mit geradem Rücken dazustehen, um sie zu beobachten. Flugzeuge, die einzeln oder in Wildvögel-Formationen über das Feenland fliegen, sind dort am Himmel so alltäglich, dass jeder in dieser Gegend – während er die eigenen Augen unweigerlich nach oben wendet – im Stillen denkt, sein Nachbar sei beklagenswert hinterwäldlerisch und primitiv, weil er die Flugzeuge beobachtet.

Ich schätze, jedes Flugzeug, das Feenland überfliegt, fühlt die Magie, die das Land unter ihm zurückstrahlt, denn es gibt ausnahmslos keines, wenn es auch nur den winzigsten Moment Zeit übrig hat, das nicht über der Higgins Farm innehält und versucht, etwas Cleveres anzustellen. Vielleicht sieht man eines, das eifrig die Wolken über dem Zauberwald erklimmt, wobei es sich augenscheinlich sehr bemüht, sich auf sein Flugziel zu konzentrieren. Vielleicht sieht man es stocken, während es mit seinem Pflichtgefühl ringt, und dann schwach in eine leichte Achterschleife ausbrechen. Sofort fegen die struppigen Saatkrähen von Feenland in die Luft, um ihrem umständlichen Nachahmer vorzuführen, wie es richtig geht. Der Geist leichtsinnigen Wettstreits ergreift das Flugzeug, und seine Pflicht wird über Bord geworfen. Es stellt sich ein- oder zweimal zur Schau, nach oben und unten, als ob es sagen wolle: «Nun schaut alle mal her, ich werde etwas Cleveres machen.» Dann schnappt es über. Es wirft sich auf imaginäre Boches, es steht auf dem Kopf und stürzt nach unten, bis selbst die Schmetterlinge in Deckung gehen; es steht auf seinem Heck und stürzt nach oben; es schreibt in fließender Schrift Botschaften an den Himmel und kommt zurück, um die i-Tüpfelchen hinzuzufügen. Es kreist einem unverschämt um den Kopf und fixiert einen mit seinem kühnen dreifarbigen Auge, bis man denkt, etwas stimme mit dem eigenen Aussehen nicht. Es prallt von einem Zwiebelfeld ab und prallt im gleichen Atemzug von der höchsten Wolke am Himmel zurück. Untröstlich kehren die Saatkrähen zu ihren Nestern zurück.

Dann sieht man die auf Abwege gekommene Maschine vielleicht dabei, wie sie sich plötzlich ihrer selbst erinnert und sich inmitten eines neuen Anfalls selbst wieder unter Kontrolle bringt. Das Flugzeug erinnert sich des Europäischen Krieges, der es hervorgebracht hat; es denkt an seine Kameraden, die den Himmel nach seiner Ankunft absuchen; seine Leichtsinnigkeit lässt urplötzlich nach. Der östliche Himmel wird anstelle seines Trapezes einmal mehr zu seiner Schnellstraße. Es nimmt seine Sinne zusammen, stößt einige zerknirschte Rauchwolken aus und ist mit einem Satz außer Sichtweite.

Wann immer das passierte, verhielten sich die Feenfrauen auf eine sehr ungehobelte und kesse Weise, indem sie mit ihren Hacken jeder Maschine zuwinkten, sie durch unverschämte Gesten zu weiteren Extravaganzen ermutigten und versuchten, durch lautes, gellendes Geschrei in deren Hörweite zu gelangen. Es gab wenig Unterschiede zwischen diesen Feen und anderen Kriegsarbeiterinnen. Tatsächlich waren sie nur an ihrem kleineren Wuchs und dem leeren und unschuldigen Ausdruck ihrer Gesichter erkennbar. Und vielleicht auch an ihrem melodischen Gesang und der Angewohnheit, plötzlich zwischen den Bohnenreihen in Volkstänze auszubrechen.

Sarah Brown, die weitaus fleißiger arbeitete als alle anderen in Sichtweite, überholte sie bald, und während sie sich jenes Hauchs interessierter Geringschätzung bewusst war, welche die Eine stets der Herde gegenüber fühlt, war es ihr eine Erleichterung, deren Launen zu beobachten und gleich darauf mit ihnen zu sprechen.

Denn Erleichterung bedurfte sie, die arme Sarah Brown, da ihre Beeinträchtigungen sie einholten; ein heiserer Husten in Altstimmlage erinnerte sie an die Warnungen vieler Ärzte vor körperlicher Arbeit. Sie konnte gleichsam das sich in der Ferne nähernde Stapfen jenes Schmerzes in ihrer Seite fühlen, unter dessen Bedrohung sie ihr ganzes Leben gelebt hatte. Aber es waren noch fünfundsiebzig Bohnen übrig.

Der Ton ihrer Hacke, ein hoher, nicht ganz rein klingender Ton, schrillte monoton in ihrem Gehirn. Dreieinhalb Blasen setzten ihren Händen zu.

«Lass sie Blasen werfen», sagte sie trotzig. «Diese Reihe Bohnen wurde mir zum Hacken gegeben, und selbst der Tod soll sie mir nicht nehmen.»

Sie konnte sich fast einbilden, dass sie den Tod sah, wie er taktvoll jenseits der letzten Bohne auf sie wartete. Sie hatte keinen Sinn für Verhältnismäßigkeit mehr, sie war es so sehr leid, dass ihr Leben von ihrer Kraftlosigkeit durchkreuzt wurde. So schien ihr alles, womit sie je angefangen hatte, stets wert, selbst unter Qualen beendet zu werden. Ungeachtet aller Hemmnisse jede Aufgabe zu beenden, war ihr einziges Bestreben geworden, aber es wurde fast immer vereitelt.

Noch siebzig Bohnen. «Fünf Dutzend plus zehn», dachte Sarah Brown. «Was ist das? Bloß die Dauer eines Lebens.» Sie beugte sich zu ihrer Arbeit nieder.

Eine große Ansammlung von Butterblumen saß rittlings auf ihrer Bohnenreihe, und als sie nach einigem Ringen deren protestierende Wurzeln aus der Erde zerrte, fiel etwas daraus hervor.

«Oh, ein Nest», keuchte sie. «Schaut, ich habe ein Nest ausgehackt.»

«Ach du lieber Himmel», rief eine Fee aus. «Schaut, was sie getan hat. Es ist Clements Nest, armer Kerl, er hat im Februar erst geheiratet. Mensch, Mädels, hier ist Clements halb frei hängendes Nest – in nichts aufgelöst.»

Aus jeder Bohnenreihe waren Ausrufe der Bestürzung zu hören.

Clements Nest hing nun tatsächlich mehr als halb frei. Es war bloß leicht zwischen zwei Butterblumenstängeln festgekeilt gewesen. Die zwei Eier darin waren sofort herausgeschleudert worden, und eins war zerbrochen. Sarah Brown war zutiefst erschüttert.

«Was für eine blinde Närrin ich bin», sagte sie, während sie hilflos versuchte, das Nest wieder einzusetzen. «Wird Clement denn niemals wieder zurückkommen?»

«Mrs. Clement nicht», sagte die Fee, die ihr am nächsten war. «Sie ist fast hysterisch, was die Heiligkeit des Heims und all so was angeht. Sie wird sich jetzt wahrscheinlich scheiden lassen.»

«Oh, armer Clement, armer Clement», sagte Sarah Brown. «Wird er schrecklich niedergeschlagen sein?»

«Da ist er», erwiderte die Fee und zeigte nach oben. «Er beobachtet dich. Das ist Clements Stimme, die du da hörst.»

«Clements Stimme», rief Sarah Brown aus. «Die so singt? Aber er klingt doch wunschlos glücklich.»

«Wunschlos glücklich», spottete die Fee. «Seine Familie singt nur so, wenn sie aufgebracht ist. Wunschlos glücklich in der Tat! Kannst du eine Tragödie nicht begreifen, wenn du sie hörst?»

Sarah Brown steckte mit verzweifelter Umsicht das Nest unter einer Bohne fest und legte das nicht zerbrochene Ei zurück.

«Wollen Sie mir damit sagen», sagte sie nach einer

hektischen, schmerzhaften Pause, «dass Shelley jene Lerche, über die er ein Gedicht schrieb, wahrscheinlich missverstanden hat? Er nannte sie eine Frohnatur, wissen Sie, weil sie sang. Meinen Sie, sie war gar keine?»

«Ganz sicher nicht», sagte die Fee. «Ich kenne die genauen Umstände des Falls nicht, aber dein Freund Shelley hat sicher die ganze Zeit, in der er sein Gedicht schrieb, auf dem Nest des unglücklichen Vogels gestanden.»

Mit einem tiefen Seufzer fing Sarah Brown wieder an zu hacken.

Noch fünfzig Bohnen.

Sie fand nun überhaupt keine Freude mehr an diesem Tag. Schmerz ist ein Auslöscher, der die Sonne zum Verschwinden bringen kann. Sarah Brown fand keine Freude mehr am Gesang der Vögel; das Gurren der Taube hörte sich für sie nurmehr an wie ein unschönes Falsettknurren. Der Umstand, dass der Kuckuck nur ein Lied zu singen hatte, irritierte sie. Sie versuchte, nicht im Takt mit diesem Lied zu hacken, aber seine Monotonie ergriff von ihr Besitz. Ihre Bohnenreihe erstreckte sich vor ihr über die ganze Welt; jedes Mal, wenn sie an ihr entlangblickte, schien das Ende weiter entfernt zu sein. Jedes Mal, wenn sie die Hacke hob, glitt das Schwert des Schmerzes an ihrer Wachsamkeit vorbei.

Der Hund David, der wegen ihrer unnatürlichen Vorliebe bei der Berufswahl ungehalten war, hatte sie verlassen. Sie konnte seine Route über eine sich fortkräuselnde Welle durch das Kartoffelbeet verfolgen, genau wie bei einem Hai, der die See durchfurcht.

Vierzig Bohnen.

Im Freien trägt die Zeit ein seltsam anderes Gewand. Unter der Sonne steht die Zeit fast still. Nur wenn jede Minute körperliche Anstrengung bedeutet, erkennt man, dass eine Stunde wirklich sechzig Minuten hat und dass nach einer Stunde der Abend nur wenig näher ist als zuvor. Menschen, die regiert von Uhren drinnen arbeiten, begegnen der Zeit nie von Angesicht zu Angesicht. Ihre schnellen Sekunden werden vom Klappern der Schreibmaschinen des Platzes verwiesen, und wenn ihre Schreibmaschinen verstummen, ist ihr Tag vorbei. Wir-im-Freien müssen täglich mit einer Ewigkeit ringen, während der nur unsere Hände geschäftig sind. Unser Verstand mag zwischen dem Sonnenaufgang und dem Sonnenuntergang alt und wieder jung werden; die Zukunft mag innerhalb einer Stunde neu erschaffen, die Hoffnung getötet und wiedergeboren werden, bevor das Lied einer Amsel vorüber ist. Wir kennen die Länge der Tage. Und nach vielen langsamen Monaten der Beanspruchung kehren wir alt und verdutzt durch die viele Stille und die vielen Fragen zu unseren Freunden in den Büros zurück und finden sie unverändert vor, ahnungslos treibend an der Oberfläche der Zeit.

Sarah Brown ließ ihre Hacke fallen und fiel auf die Knie.

«Ich kann nicht weiterhacken», sagte sie. «Da sind noch fünfundzwanzig Bohnen, aber ich kann nicht um sie hacken.»

«Warum solltest du auch?», fragte gleichgültig die Fee,

die ihr am nächsten war. «Der Großknecht merkt es nie, wenn wir uns drücken. Wir machen es ständig.»

«Ich habe gesagt, ich würde diese Reihe hacken», sagte Sarah Brown. «Aber ich bin verdammt. Wenigstens ist es gut, die eigenen Grenzen zu kennen.»

Sogar im Leiden blieb sie prosaisch.

«Ich würde dir ja empfehlen, dass du losgehen und Mittag essen sollst», sagte eine andere Fee. «Nur dass ich deine Sandwiches gegessen habe, als ich gerade vorbeiging. Doch ich habe ein bisschen Limonade in deiner Flasche gelassen. Geh unter die Bäume und trink sie.»

«Ich kann mich nicht bewegen», sagte Sarah Brown.

«Dann bleib halt da sitzen», sagten die Feen und zogen weiter, wobei sie das Unkraut in ihren Reihen kitzelten, aber nicht herausrissen. Feen sind niemals krank. Sie haben unsterbliche Körper, aber keine Seelen. Wenn sie sehen, dass man Schmerzen hat, denken sie lediglich, dass man ihnen stolz mit der eigenen Überlegenheit und der unsterblichen Seele vor der Nase herumfuchtelt.

Der Drache wallte das Feld hinauf. «Sehr schön gehackt», sagte er und schaute unbestimmt auf Sarah Browns Reihe. «Viel besser als die anderen Reihen. Sie essen zu Mittag? Ganz richtig so.»

Die fünfundzwanzig nicht umhackten Bohnen bemerkte er gar nicht.

Sarah Brown saß am Rand eines Ufers von grünem Schatten, und vor ihr lag ein Meer von Sonne, das mit Butterblumen besprenkelt war. David Blessing kam und lehnte sich an sie. Seine anfängliche Absicht war gut, er küsste sie hastig aufs Kinn, aber danach küsste er den Sandwichbeutel.

Sarah Brown fragte sich, ob sie sich mit einer Hacke die Kehle durchschneiden könnte.

«Suizid bei gesundem Verstand», sagte sie. «Da besagter Verstand seines nicht gesunden Körpers vollends überdrüssig ist.»

Wenn sie vollkommen still und aufrecht dasaß, war der Schmerz erträglich. Doch auch nur an Bewegung zu denken, trieb ihr Tränen in die Augen. Im Innern löste sie sich von ihrer misslichen Lage und versank in einem warmen, tropischen Meer der Gedanken. Sie war nicht wirklich eine Denkerin, aber sie dachte viel über das Denken nach und hatte leidenschaftliches Interesse daran, ihren eigenen Verstand bei der Arbeit zu beobachten. Nachdenken war für sie wie Schlaf, sie versank tief darin, ohne auf etwas Tiefgründiges zu stoßen; dabei kam nichts heraus außer nutzlosen Träumen und einer gewissen wohligen sowie trotzigen Vertrautheit mit sich selbst.

Sie dachte an Richard und wünschte, sie hätte beim Hacken in jede seiner Bohnen einen Segen hineinhacken können. Sie bemerkte halb bewusst und ohne überrascht zu sein, dass der Gedanke an ihn für sie ein schöner war. Sie konnte sein Gesicht nicht vor ihrem inneren Auge heraufbeschwören, denn sie vergaß Wirkliches stets und erinnerte sich nur an Träume. Sie konnte sich den Klang seiner Stimme nicht vorstellen, sie konnte sich an nichts erinnern, was er gesagt hatte. Trotzdem empfand sie wieder das magische Gefühl der Begegnung mit ihm und träumte von all den Dingen, die zwischen ihm und ihr hätten passieren können und die noch passieren könnten, jedoch nie passieren würden. All das Beste, woran sie sich erinnerte, war nur in ihren Träumen geschehen. Kaum nippte ihre Vorstellungskraft am ersten Schlückchen einer Erfahrung, schon zauberte sie ihr große, irrwitzige, befriedigende Schlucke von Nektar herbei, nach denen es die wache Sarah Brown wohl vergeblich dürsten würde. Aber es gab keine wache Sarah Brown. Ihr Leben war ein einziges Schlafwandeln; nur sehr selten wachte sie einen Augenblick lang auf, und es beschämte sie zu sehen, wie munter die Welt um sie war.

Also dachte sie an Richard, nicht an Richards Richard, sondern an ihren eigenen, privaten, blassen Richard.

Richards Herannahen auf einem weißen Pferd mutete eine geraume Weile lang nur wie eine Erweiterung ihres Traumes an. Erst als sie begriff, dass er ihre Bohnenreihe hinaufritt und dabei teilweise die Arbeit ihrer Hacke zunichtemachte, erwachte sie plötzlich erschrocken und kam wieder zu Atem, den prompt eine Nadel aus Schmerz durchstach.

Wie es schien, hatte der Nachmittag schon lange von den Feldern Besitz ergriffen; er hatte den Zauberwald – den sie zuletzt in seinem schimmernden Mittagsgrün wahrgenommen hatte – zu einem lebendigen, tiefen metallischen Blau erweckt.

Als Richard näher kam, waren alle Arbeiterinnen emsig am Werk, demonstrativ angeordnet wie Haarnadeln oben und unten in ihren Reihen. Neben den Hinterhufen des weißen Pferdes wellte sich besorgt der Drache vorwärts, ein hilfloses Hoffen auf das Beste drückte sich entlang seines Rückgrats in jedem Stachel aus.

«Ich weiß wirklich nicht, warum sie so faulenzt», hörte ihn Sarah Brown in seiner rauchigen, kläglichen Stimme sagen. «Als ich wegging, war sie fleißig am Arbeiten. Sie sind alle gleich, wenn ich ihnen den Rücken zukehre. Man braucht wirklich Augen an der eigenen Schwanzspitze.»

«Leiden Sie an so einer Art Leverhulme'schem Sechs-Stunden-Tag-Gefühl?», fragte Richard Sarah Brown höflich, im Stil einer Werbung für ein Mittel gegen Verdauungsbeschwerden, als er sich näherte. «Ich denke, es ist einfach vortrefflich, wie aufgeschlossen und fortschrittlich arbeitende Menschen dieser Tage sind.»

«Ich habe einen Suizid erwogen», erwiderte Sarah Brown aufrichtig, wenn auch mit schwacher Stimme. «Ich bin ein angeschlagener und nutzloser Parasit auf dem Antlitz Ihrer herrlichen Erde. Aber meine Hacke ist zu stumpf.»

«Ich habe ein Taschenmesser mit drei Klingen, das ich Ihnen leihen könnte», sagte Richard, wobei er an sich selbst mehrere Taschen forschend abklopfte. «Oder würden Sie lieber einen flotten kleinen Zauberspruch ausprobieren, den ich mir heute Morgen beim Rasieren ausgedacht habe? Ich denke jeder, der angeschlagen ist, wird ihn wohl recht nützlich finden.»

«Ah, her damit, nur her damit», sagte Sarah Brown.

Der Schmerz war wie eine Welle, die über sie hereinbrach und sie von ihrem sicheren Ufer aus Schatten forttrug, um ruhelos in siedenden und den Atem nehmenden Meeren zu versinken. Ihre Augen fühlten sich von Fieber ausgetrocknet an, und wann immer sie sie schloss, war die Dunkelheit erfüllt von einem Wirrwarr aus Übelkeit erregenden blauen Quadraten auf einem senffarbenen Hintergrund. Der Geruch von Bohnen war scheußlich.

Richard hantierte ungeschickt mit etwas, das äußerst notdürftig in Zeitungspapier eingeschlagen war. Auch versuchte er, ein Streichholz anzuzünden, indem er es hilflos an seinen Reithosen rieb. Er schien überhaupt kein Alltagsgeschick für Kleinigkeiten zu haben, das den meisten Menschen zufällt, bevor sie erwachsen werden. Er machte alles, als ob er es zum ersten Mal täte.

«Ich hatte nur die *Morning Post*, um ihn einzuwickeln», murmelte er. «Ich fürchte, das könnte die Magie ein wenig verdorben haben.»

Der Drache war es, der schließlich das notwendige Feuer beibrachte. Nachdem er Richard mit dem besorgten Mitgefühl eines Unfähigen für einen anderen, ebenfalls Unfähigen beobachtet hatte, sagte er: «Darf ich?», und atmete liebenswürdigerweise eine kleine Flamme aus, die das Päckchen einen Augenblick lang aufflackern ließ.

Die Asche rieselte aus Richards Hand hinunter zwischen die Bohnen, und ein dünner veilchenblauer Stängel aus Rauch stieg herauf.

Sarah Brown nahm den unverkennbaren sauren Geruch von Magie wahr und sah, wie tonlose Wörter Richards kleinen kakifarbenen Schnurrbart in Bewegung brachten. Dann stellte sie fest, dass sie verschwunden war.

Sie hatte das nie zuvor getan; sie war stets zugegen gewesen, um sich selbst zu stören und zu unterbrechen. Sie hatte die Welt nie zuvor gesehen außer durch die kleinen glasigen Gucklöcher, Augen genannt, durch die ihr alltägliches Selbst ziemlich trübselig meinte, sehen zu können. Nun freilich verstand sie, was Sehen war, und zum ersten Mal war sie sich der wirklichen Größen der Dinge bewusst. Der arme Mensch misst alle Dinge nach der Größe seines eigenen Fußes. Er blickt selbstzufrieden auf den Abdruck seines Stiefels im Matsch und stellt fest, dass die Ameise, die er zerquetscht hat, nicht annähernd so groß wie sein Fuß war, und daher ist die Ameise für ihn nicht von Bedeutung. Er stellt auch fest, dass ebendiese seine Füße nicht in der Lage wären, innerhalb einer vertretbaren Zeitspanne zum Mond zu laufen, und daher ist der Mond für ihn nicht von Bedeutung.

Aber Sarah Brown war verschwunden und konnte deshalb nichts messen. Die Spinne schritt von Berg zu Berg, und der Wind rauschte dabei durch die Haare auf ihrem Rücken. Der blaue Himmel war nur ein Lampenschirm, der an der Erde befestigt worden war, um sie vor dem blendenden Glanz der Götter zu schützen, und jenseits dessen sich nichts als ein Dach aus Ewigkeit befand, das mit ein paar Milliarden Sternen durchstochen war, um es gut durchlüftet zu halten.

Eine Zeit lang hatte Sarah Brown all den Spaß, den

man als Gott so hat. Sie war nirgends, und sie war überall. Sie hätte die Haare auf Davids Kopf zählen können. Die Welt schwankte wie eine Blume auf einem dünnen lilafarbenen Stängel aus Rauch ...

Ihre Augen begannen wieder zu sehen. Sie war sich der tief in ihren Höhlen liegenden, müden Augen Richards bewusst, die auf sie gerichtet waren. Der Drache tauchte einmal mehr in ihrem Sichtfeld auf: Er beobachtete neugierig das Geschehen, wobei er vorgab, das ein oder andere Unkraut aus einer angrenzenden Bohnenreihe herauszukratzen.

Ein eher bedrückender Sonnenuntergang färbte den Horizont rostbraun. Die Felder waren schummervoll und feenleer.

Sarah Brown kam erschrocken zu sich; betreten stellte sie fest, dass sie ihren Mund geöffnet hatte, um etwas absolut Unmögliches zu Richard zu sagen. Davids Kinn ruhte auf ihrer Hand. Ihre Seite fühlte sich starr und gefährlich, aber nicht schmerzhaft an.

«Er hat nicht wirklich etwas getaugt», sagte Richard. «Ich fürchte, das Verpackungsmaterial war ein Fehler. Ein Zauberspruch von dieser Stärke hätte Sie binnen drei Minuten tanzen lassen sollen. Ich bringe Sie auf meinem Pferd nach Hause. Sein Name ist Vivian.»

Das Pferd Vivian, das so weiß war, dass es in der Dämmerung fast strahlte, wurde jetzt zusätzlich durch ein kleines rotes Licht an seiner Brust und ein kleines grünes Licht an seinem Schwanz beleuchtet. Richard mochte es, solche aufwendigen und unnötigen Vorkehrungen zu treffen, und vernachlässigte es derweil, sich Fertigkeiten in den gängigeren Handwerken anzueignen.

Sarah Brown, eine Person von geringem Gewicht, wurde rittlings auf den Rücken des Pferdes Vivian gesetzt. Richard lief nebenher. Der Drache nickte zum Abschied und verschwand in seiner Behausung, einer niedrigen tunnelartigen Scheune, die offenbar speziell für ihn errichtet worden war, mit einer Tür an jedem Ende und einem günstig platzierten Schornstein, der es ihm erlaubte, genug Feuer zu spucken, um seine Mahlzeiten zuzubereiten, ohne sich dabei selbst zu ersticken.

Sarah Brown sah den Drachen nie wieder, aber er blieb ihr stets in Erinnerung als eine verwirrte Seele, die auf tragische Weise zur falschen Zeit geboren worden war, ein geschorenes Schaf sozusagen, für das der Wind nicht hinreichend abgeschwächt worden war.

Dieser Ritt heimwärts, durch den Zauberwald, auf einem groß gewachsenen Pferd, mit Richard, der neben ihr ging, war nun aber die vollkommenste Stunde in Sarah Browns Leben.

Der Zauberwald ist nur eine Ansammlung von Träumen, und von jedem Reisenden, der ihn durchquert, fordert er Tribut in Form eines Traumes. Als eine Art Quittungsbeleg schenkt er jedem Reisenden eine süße Erinnerung, die weder der Tod noch die Hölle noch das Paradies auslöschen können.

Sarah Brown wusste, dass ihr Traum und der von Richard einander nie entsprechen würden. Die Tatsache, dass er auf dem ganzen Weg nach Hause an jemand anderen dachte, blieb ihr nicht verborgen. Aber sie war ein Mensch, der daran gewöhnt war, allein zu leben, sie konnte gänzlich einsame Liebesabenteuer genießen und nicht einmal eifersüchtig auf echte Frauen sein, deren Liebesabenteuer immer für zwei gemacht waren. Sie war keine echte Frau, sie war krankhaft körperlos. So seltsam es auch erscheinen mag, die freundliche, ungeschickte, geistesabwesende Berührung Richards, als er sie auf den Rücken des Pferdes Vivian gehoben hatte, war für sie der einzige Makel an diesem verzauberten Ritt gewesen. Sie konnte Berührungen nicht ertragen. Es bereitete ihr kein Vergnügen, die Haut und das Selbstgesponnene zu sehen oder zu spüren, das Männer und Frauen umschließt. Sie hasste es, Menschen dabei zu beobachten, wie sie sich ernährten, oder ihren eigenen dünnen Körper im Spiegel zu sehen. Sie hätte wirklich als Pappel geboren werden sollen; ein menschlicher Körper war ein Geschenk, das an sie verschwendet war.

Während sie den Grünen Ritt passierten, warf das rote Licht von Pferd Vivians Hals eine Art geisterhaften Vorboten vor ihnen auf das Gras. Fledermäuse schnellten jeweils für einige Yards über sie hinweg und wurden dann – wie durch eine Schnur oder ein mahnendes Gewissen – zur Seite weggerissen. Die zum Postamt des Feenlands führenden Telegrafendrähte verlaufen durch den Zauberwald, und in dem matten Licht wirkten die Leitungsmasten wie hohe Kruzifixe. Durch die Öffnung am Ende des Waldes hindurch leuchteten, weit entfernt, die kleinen Lichter der Fäustlingsinsel.

«Wissen Sie», sagte Richard – und unglücklicherweise sagen junge Männer solche Sachen in stillen und verzauberten Momenten wirklich –, «dass, wenn alle Magie in diesem Wald zusammengesammelt und in eine flüssige Form gepresst würde, diese ausreichte, um den Krieg binnen eines Augenblicks zu beenden?»

«Mein lieber Schwan!», sagte Sarah Brown. «Binnen eines Augenblicks?»

«Binnen eines Augenblicks.»

«Mein lieber Schwan!», sagte Sarah Brown.

«Die Kräfte der Magie sind bisher bei Weitem noch nicht komplett ermessen worden», sagte Richard.

«Ich nehme an, der Krieg wurde durch schwarze Magie ausgelöst», schlug Sarah Brown vor, die versuchte, etwas Intelligentes zu sagen und gleichzeitig ihren eigenen Gedanken treu zu bleiben.

«Du meine Güte, nein», erwiderte Richard. «Das Schlimmste an diesem Krieg ist, dass er überhaupt nichts mit irgendeiner Art von Magie zu tun hat. Er wurde ausgelöst von Menschen, die die Magie vergessen hatten, und von ihnen wird er auch befördert; er ist das Ergebnis eines Zaubers, der zu Ende gegangen ist. Haben Sie nicht bemerkt, dass Anfang des letzten Jahrhunderts ein Zauber zu Ende ging? Also, sieht nicht fast jeder, dass es dem Viktorianischen Zeitalter an etwas mangelte?»

«Mit Keats und Shelley ist ganz sicher etwas gestorben», seufzte Sarah Brown.

«Nun ja», sagte Richard. «Mit Büchern kenne ich mich nicht aus. Ich kann nicht lesen, wissen Sie. Aber was offensichtlich mit dem letzten Jahrhundert nicht stimmte, war schlicht, dass es nicht an Feen geglaubt hat.»

«Glaubt dieses Jahrhundert denn an Feen? Wenn der Zauber zu Ende gegangen ist, wie kommt es, dass wir jetzt so magisch sind?»

«Dieses Jahrhundert weiß, dass es nicht alles weiß», sagte Richard. «Und was Zauber angeht – wir haben einen neuen Zauber begonnen. Das ist der merkwürdige Aspekt dieses Krieges. Sein Grund war so abstoßend und so unmöglich und so nichtmagisch, dass die Magie, welche so gut wie tot war, sich wieder erhoben hat, um ihm entgegenzutreten. Je schlimmer eine Welt wird, umso größer wird die Magie, um sie zu retten. Magie stirbt nur in einer lauen Welt. Ich denke, es ist heute mehr Magie in der Welt als je zuvor. Die Erde Frankreichs ist voll damit, und was Belgien betrifft – wenn Belgien schließlich wieder nach Hause zurückkehrt, wird es sein entweihtes Haus verzaubert vorfinden ... Und das Gleiche trifft auf alle Schwellen weltweit zu, die Kämpfer überschritten haben und nie wieder überschreiten werden außer in den Träumen ihrer Freunde. Diese Art der gestrengen und geheimen Magie – wie ein Wort, das jeder kennt und keiner nennt – ist so ziemlich alles, was übrig ist, um die Welt jetzt am Leben zu erhalten ...»

Richard schien sich von einem Mann immer mehr in einen Zauberer zu verwandeln, je weiter er in den Zauberwald vordrang. Er sagte Dinge, die ihm äußerst peinlich gewesen wären, hätte er sie im Picadilly Restaurant von sich gegeben – sogar nach drei Gläsern Champagner. Aus diesem Grund ist zu hoffen, dass der Zauberwald nicht über die Grenzen des Sprengels Feenland hinauswächst, auch wenn es heißt, dass sich seine Ränder immer weiter ausdehnen. Was würde geschehen, wenn seine Bäume anfangen würden, sich selbst auf dem *Strand* auszusäen? Stellen Sie sich die Börse im Schatten einer Zaubereiche vor und den daraus resultierenden, desaströsen Verschleiß des metallenen Gehäuses, in welchem alle guten Geschäftsmänner ihre Seelen aufbewahren.

Sarah Brown hielt es für einen ziemlich merkwürdigen Zufall, dass sie, nachdem sie gerade von dem toten Keats gesprochen hatten, ihn so bald lebendig vor sich sehen sollten. Sie sahen ihn in einer kleinen, fahlen Schneise im Wald an einem Baumstamm kauern, ein schemenhafter, fragiler Geist in einer ungelenk gebeugten Haltung vergessenen Schmerzes und verzückter Aufmerksamkeit. Was sie sahen, war der für ihn innigste Augenblick, ein Augenblick ohne Tod. Denn er war gefangen in einem vollkommenen Zauber; er war gänzlich verstrickt in das verschlungene und verführerische Lied einer Nachtigall. Das Lied war wie gehämmerter Golddraht. Nie wieder in ihrem Leben würde Sarah Brown mit ihrer dürftigen Stimme die Worte entheiligen, die ein vollkommener Sänger in einer Ehe mit einem vollkommenen Lied hervorgebracht hatte. Aber in unglücklichen Zeiten und in den fürchterlichen Nächten fiel ihr – immer – dieses Lied ein ...

Die Reisenden näherten sich dem Ende des Grünen Ritts, aber das war Sarah Brown egal, denn es hatte ihr auf dem ganzen Weg an nichts gemangelt.

«Liebste ...», fing Richard mit lauter, begeisterter Stimme an, und dann gleißte plötzlich ein Suchscheinwerfer quer über das Ende des Ritts und über die Fäustlingsinsel und ließ die Magie des Augenblicks erlöschen.

«Entschuldigung», sagte Richard. «Ich dachte, ich spräche mit meiner Wahren Liebe.»

«Es tut mir leid, dass Sie nicht mit ihr gesprochen haben», sagte Sarah Brown, als sie aus dem Wald hinaustraten. «Ich meine, es tut mir leid, dass nur ich es war, mit der Sie gesprochen haben.»

KAPITEL 8

Der bedauerliche Mittwoch

«Wie außergewöhnlich bemerkenswert», sagte der Bürgermeister, als er der Hexe gegen drei Uhr nachmittags begegnete, während sie den Broad Walk in Richtung Kensington hinunterging, nachdem sie fast zwölf Stunden lang unsichtbar inmitten der Osterglocken geschlafen hatte. «Wirklich außergewöhnlich bemerkenswert. Ich besuch diese Gegend nich einmal in fünf Jahren, und jetzt, da ich hier bin, treff ich genau die Person, an die ich gedacht hab.» Er zwinkerte.

«Es ist fast wie Magie, nicht wahr?», sagte die Hexe und zwinkerte fleißig zurück.

«Also, ich hab gemacht, was Sie mir gesagt haben», sagte der Bürgermeister.

«Was war das denn?»

«Machen Sie nur Ihre Scherze», erwiderte er nachsichtig. «So tun, als wüssten Sie's nich, fürwahr. Ich hab gemacht, was Sie mir neulich gesagt haben, als Sie mit Ihrer Katze zu dem Komitee da kamen. Ich hab drüber nachgedacht – ich bin kein stolzer Mann, finds nie unter meiner Würde, einen Wink anzunehmen –, und ich hab mir selbst eingestanden, dass es fair war, was Sie übers Geldverdienen gesagt haben. Irgendwie dacht ich nie was andres, als dass Geld zu machen halt an erster Stelle steht im Geschäftsleben. Um Ihnen die Wahrheit zu sagen, ich bin immer ziemlich stolz drauf gewesen, dass ich die Kunden im Brown-Viertel nie übervorteilt und gepanschtes Zeug verkauft hab, denn – Grundgütiger – die würden alles schlucken. Bei Ihrem Geschäft isses anders, da es eine exklusivre Lage hat. Hohe Preise, dacht ich, sind ganz normal. Schmied das Eisen, solang es heiß is, war mein Motto, und ich sag mir, dass es keinen Grund gibt, weshalb dieser Krieg *alle* unglücklich machen soll. Dass der Herrgott uns den Verkauf von Lebensmitteln als ein hohes Gut anvertraut hat, wie Sie's gesagt haben, so was hätt ich mir nie träumen lassen, obwohl ich zehn Jahre regelmäßig in die Kirche bin. Aber ich seh jetzt, dass an dem, was Sie gesagt haben, viel dran war, und wenn ich's recht bedenk, isses gar nich nötig, mit dem Eisenschmieden gar so viel Reibach zu machen, egal, wie heiß das Feuer auch sein mag. Wenn Sie's so ausdrücken, dann könnt ich gar nich sagen, warum ich so auf mehr Geld aus war, da ich doch wirklich genug hab. Na, sag ich mir, als ich mich eingeschlossen hatte, ums zu Ende zu denken, wie Sie's gesagt haben, hier bin ich und geb mein ganzes Leben auf und all meine heit'ren Tage und Feiertage und hab keinen blassen Dunst, wofür. Für Geld – nur Geld, das in seinem eignen Saft schmort in einer Bank –, nich Geld, das ich ausgeben kann. Nun, uns allen wirds so beigebracht, denk ich. Jedenfalls fand ich's nett von Ihnen, das Sie's so vorsichtig ausgedrückt haben, so fantastisch, wie Sie's gemacht haben, sodass die wohltätigen Ladys den Braten nich gerochen haben. Ich habs hoch geschätzt und hab noch mehr von dem gehalten, was Sie gesagt haben. Ich bin kein stolzer Mann.»

«Sie sind gerade stolz genug», sagte die Hexe. «Sie sind ein Schatz. Wenn ich Ihnen je in einer geschäftlichen Angelegenheit helfen kann, sagen Sie Bescheid. Wenn Sie ein Nebensortiment einführen wollen, etwa in Glückseligkeit, kann ich Ihnen einen Tipp geben, wo Sie sie en gros beziehen können – in gewissen Mengen. Das würde im Brown-Viertel wie ein Lauffeuer rumgehen, wenn Sie ein oder zwei Unzen – gratis natürlich – in jede Bestellung geben.»

«Machen Sie nur Ihre Scherze», murmelte der Bürgermeister. «Aber ich mag das an Ihnen. Ich bin ein Mann, der nie einen Scherz übel nimmt. Lassen Sie uns doch gemeinsam einen Spaziergang machen.»

«Nein», sagte die Hexe. «Ich bin so hungrig, dass meine Rippen anfangen, sich nach innen zu krümmen. Ich muss los und Würstchen essen und Kartoffelbrei und zwei Apfelklöße.»

Gleich darauf fanden sie sich in einer A.B.C.-Teestube an einem jener charakteristischen Tische mit Marmorplatte wieder. Nach einem Zeitraum, den man kaum akkurat als «gleich darauf» beschreiben konnte, tauchten Würstchen und Kartoffelbrei am Horizont auf, und die Hexe winkte dem sich nähernden Gericht unanständig mit ihrer Gabel zu.

«Püriertes eignet sich prächtig zum Modellieren», sagte sie und skizzierte mit der selbstbewussten Nachlässigkeit der Künstlerin grob einen Grundriss auf ihrem Teller. «Dies wird ein Schloss aus Elfenbein, das auf einem Felsen in einem spiegelglatten Meer erbaut wurde. Das Würstchen ist der Drache, der es bewacht, und diese Brotkrume ist die eingesperrte Prinzessin, ein exzellentes, aber langweiliges Geschöpf ...»

«Schauen Sie, Miss Watkins», unterbrach der Bürgermeister. «Ich bin gewöhnlich kein impulsiver Mensch, und ich will Sie nich erschrecken ...»

«Was meinen Sie mit ‹mich erschrecken›?», fragte die Hexe. «Sie haben mich überhaupt nicht erschreckt. Aber Tatsache ist, dass ich nie wirklich der Typ fürs Heiraten gewesen bin, vielen Dank auch. Ich bin eine furchtbar schlechte Haushälterin. Und ich genieße es doch *so* sehr, kein Geld zu haben.»

«Du meine Güte», rief der Bürgermeister aus. «Sie sind eine vollkommene Hexe, na so was!» Er legte eine große, fleischige Hand auf ihre. «Aber wissen Sie, ganz so einfach lass ich mir keinen Korb von Ihnen geben. Seitdem Sie in den guten alten Komiteeraum getreten sind, hab ich erkannt, dass Sie etwas Besonderes an sich haben, etwas, das Sie und ich gemein haben. Ich sprech nich so sehr davon, dass wir im gleichen Geschäft sind. Irgendwie – ach, zum Teufel, lassen Sie uns hier rausgehen und ein Taxi nehmen. Ich bin kein Küsser, aber ...»

Er wollte gar nicht mehr damit aufhören, Aussagen über sich selbst im Negativen zu formulieren. Es war nicht sein Fehler, wenn die Welt nicht genau begriff, was er war oder, besser gesagt, was er genau nicht war.

«Weil gerade vom Küssen die Rede ist», unterbrach die Hexe, «ich habe mich oft gefragt, was geschehen würde, wenn zwei Goldschnepfen einander küssen wollten? Es müsste über eine sehr weite Distanz geschehen, nicht? Oder ...»

«Nun mach aber mal halblang», befahl der Bürgermeister gereizt. «Was is damit, hier rauszugehen und ...?»

«Meinen Sie nicht, dass das hier allmählich ein ziemlich leidiger Auftritt wird?», sagte die Hexe. «Irgendwie übermäßig delikat, oder? Ich wünschte, die Apfelknödel würden sich beeilen.»

«Hierher, Miss», sagte der Bürgermeister ungnädig zu einem vorbeilaufenden Wirbelwind. «Die Knödel soll'n sich beeilen.»

«Die Knödel soll'n sich beeilen», wiederholte der Wirbelwind vor einer kleinen Durchreiche in der Wand.

Die Hexe hatte eine alberne Vision von zwei unglücklichen Knödeln, die wie saumselige Revuetänzerinnen – irre ob des albtraumhaften Gefühls, sie könnten nicht rechtzeitig umgezogen sein – hören, wie sie von einer herzlosen Stimme aus dem unerbittlichen Himmel auf die Bühne gerufen werden, und verzweifelt den letzten Tupfer Mehl auf ihre unvollkommenen Teints auftragen. Aber die Hexe hatte nichts an ihnen auszusetzen, als sie kamen. Sie widmete ihnen einige Minuten lang ihre ganze Aufmerksamkeit.

«Nun, nun», sagte sie und legte ihre Gabel und ihren Löffel hin, «das war gut. Ich fühle mich furchtbar erwachsen, weil mir ein Antrag gemacht wurde. Wenn die echten

Mädchen mich jetzt fragen, wie viele ich gekriegt habe, kann ich sagen: einen. Aber ich habe die Tage einmal ein Mädchen getroffen, die schon sechs gekriegt hatte. Sie hatte sechs Fotografien, aber sie nannte sie Skalpe. Wenn Sie mir ein Foto von sich geben würden, könnte ich es mit ‹Ein Skalp› beschriften und es im Laden aufhängen. Das wäre sehr erwachsen, oder?»

«Machen Sie nur Ihre Scherze», sagte der Bürgermeister mit hohler Stimme. «Ich hab noch nie ein Mädel wie Sie getroffen, das so sehr auf Spaß aus war. Ich glaub, Sie haben gar kein Herz.»

Damit hatte er selbstverständlich recht. Ein Herz ist eine Art Titel, den die Vorsehung jenen verleiht, die eine bestimmte Prüfung bestanden haben. Magische Menschen sind lediglich Erstsemester an unserem College, und es ist sinnlos, sie zu verachten, nur weil wir uns des Besitzes vieler gelehrter Buchstaben vor unseren Namen sicher sind. Sie werden zu gegebener Zeit gebildet sein.

«Was meinen Sie mit ‹Herz›?», fragte die Hexe daher. «Ich habe immer noch einen furchtbaren Hunger, falls das irgendetwas damit zu tun hat. Ich sage Ihnen was: Es ist Mittwoch. Gehen wir und besuchen Miss Ford. Vielleicht hat sie grasige Sandwiches.»

Ein äußerst jäher und beunruhigender Luftzug kam in Miss Fords schnittiger und schicklicher Wohnung auf, als die Hexe und der Bürgermeister sie betraten. Die heitere Gelassenheit der Nacht und des Morgens war plötzlich ausgelöscht worden, und Kensington litt unter ein oder zwei sandigen Windstößen, die die Babys aus den Kensington Gardens nach Hause bliesen und all die Schaufensterspäher auf der High Street mit ihren Fingern auf den Auslösern ihrer Regenschirme in Alarmbereitschaft hielten.

Aber es fiel kein Regen. Regen kann in diesem Schönwetterbuch nicht fallen.

Der Luftzug, der in die Wohnung eindrang, zerzauste das gepflegte Haar von fünf Personen: Miss Ford selbst, Lady Arabel Higgins, Miss Ivy MacBee, Mr. Bernard Tovey und Mr. Darnby Frere.

Miss MacBee schien stets auf glühenden Kohlen zu sitzen – sogar auf dem allerbequemsten Stuhl. Ihr spartanisches Rückgrat gab sich nie huldreich den Rundungen von Kissen hin. Sie hatte glattes, aufgebauschtes Haar und glatte, aufgebauschte Manieren, und ihre Augen wirkten hinter dem dicken Zwicker groß wie die einer Kuh. Den meisten Menschen, speziell den meisten Frauen, tat sie instinktiv leid, denn sie wirkte stets ein bisschen clever und sehr unbehaglich.

Mr. Bernard Tovey war ein stumpfnasiger, strahlender Mensch. Wann immer er sprach, lehnte er sich unvermittelt vornüber und schleuderte dadurch eine Haarlocke in sein rechtes Auge. Er stimmte allem, was gesagt wurde, derart von Herzen zu, dass die Leute, die ihn ansprachen, den glücklichen Eindruck davontrugen, dass sie wohl etwas Ziemlich Gutes gesagt haben mussten. Diese Angewohnheit, zusammen mit dem Umstand, dass er nie eine eigenständige Bemerkung losließ, hatte ihm den Ruf eingebracht, einer der besten Redner in Kensington zu sein.

Mr. Darnby Frere war der Herausgeber einer fortschrittlichen religiösen Zeitung namens *Ich frage mich,* aber er fragte sich nie wirklich. Er wusste fast alles, und daher ermutigte er die Öffentlichkeit – die er verachtete, weil sie so wenig wusste –, sich weiterhin zu fragen, damit er sie weiterhin verachten und belehren konnte.

Nun war es etwas fast nie Dagewesenes, dass zwei Mitglieder aus der Klasse der Kleingewerbetreibenden in Miss Fords Salon kamen – besonders an einem Mittwoch. Die bis dahin äußerste soziale Vermischung der Klassen, welche diese Mauern je gesehen hatten, war der Moment gewesen, als Miss Ford den Elektriker fragte, was er über den Krieg denke. Die Antwort des Elektrikers war, in seinem Dialekt, an zwei oder drei der folgenden Mittwoche zitiert worden, als Beweis für Miss Fords wagemutige Vertrautheit mit Menschen Eines Anderen Standes. Eigentlich wäre es einfacher gewesen, jedoch gewiss nicht so pittoresk, direkt aus dem Mund der Originalquelle zu zitieren – *John Bull*, der konservativen Bibel des Elektrikers.

Das Erscheinen der Hexe und des Bürgermeisters stellte gewissermaßen eine Krise dar, aber Miss Ford bewahrte die Ruhe, und ihre drei Freunde wollten – obwohl sie die außergewöhnliche Situation sofort erfassten – nicht in Panik verfallen.

«Sieh an, sieh an, sieh an», sagte der Bürgermeister, während er sich umsah und sehr laut atmete. «Einen gemütlichen kleinen Schlupfwinkel haben Sie hier.»

Er fühlte sich überhaupt nicht wohl, aber da er Geschäftsmann war und zudem mit einem außerordentlich ausdruckslosen Gesicht gesegnet, konnte er sein Unbehagen erfolgreich verbergen.

Denn es hatte sich zugetragen, dass der Aufzug einer jener Aufzüge gewesen war, die nichts falsch machen können – die Art, bei der man es den Bürgern nachsichtig erlaubt, sie selbst zu bedienen. Und der Bürgermeister, dem dieser Umstand als ein von einem gewogenen Gott der Liebe eigens angebahnter erschienen war, hatte versucht, die Hexe zu küssen, als sie den verdunkelten Schacht hinaufschossen. Wenn ich Sie daran erinnere, dass die Hexe nach wie vor von ihrem Besen Harold begleitet wurde, einem Geschöpf von direkt unvernünftiger Treue, brauche ich die Szene kaum näher zu beschreiben. Der Bürgermeister trat mit einem prickelnden, verschrammten Gesicht aus dem Aufzug, und wenn er noch Haare auf seinem Kopf besessen hätte, wären sie ihm zu Berge gestanden.

Unter den gegebenen Umständen hob er, als der Aufzug hielt, mit einem freimütigen Fluch seinen Hut vom Boden auf, und da die Hexe sofort bei Miss Fords Wohnung geklingelt hatte, folgte er ihr instinktiv über die Schwelle.

Sie sah sich im Flur nach ihm um und sagte mit einem freundlichen Lächeln: «Ich fürchte, Harold ist manchmal ein bisschen reizbar. Ich sage ihm häufig, dass er bis zehn zählen soll, bevor er sich gehen lässt, aber er ist vergesslich. Hat er Ihnen wehgetan?»

Ich befürchte, der wütende Bürgermeister traute Harold nicht viel Eigeninitiative zu.

«Küssen ist so eine komische Gepflogenheit, oder?», sagte die Hexe lebhaft, während sie Miss Fords Hand schüttelte. «Ich frage mich, wer ursprünglich beschlossen hat, welche Arten von Berührung welche Arten von Gefühlen ausdrücken sollten. Ich frage ...»

Sie unterbrach sich selbst, als ihr Blick auf einige grüne Sandwiches fiel, die die dritte Etage einer geflochtenen Eiffelturm-Etagere neben Miss Ford bevölkerten. «Oh, wie prächtig», sagte sie. «Wissen Sie, ich habe in den letzten zwei Tagen nur zwei Mahlzeiten verzehrt.»

Keiner der Anwesenden war je gezwungen gewesen, eine Mahlzeit auszulassen, weswegen diese Aussage allen als eine Botschaft aus einer anderen Welt erschien.

«Sie müssen uns alles über Ihre Erfahrungen erzählen, meine liebe Miss Watkins», sagte Miss Ford, während sie die Hexe zu einem Stuhl beim Feuer führte. Die Hexe setzte sich abrupt im Schneidersitz auf den Kaminvorleger und ließ ihre ziemlich verlegene Gastgeberin, die hoch und starr über ihr auftrug, sozusagen in der Luft hängen.

«Was meinen Sie mit ‹Erfahrungen›?», fragte die Hexe, nachdem sie in stiller Verzückung ein Sandwich gegessen hatte. «Ich war letzte Nacht oben am Himmel und habe mit einer Deutschen gesprochen. War das eine Erfahrung?»

«Der Himmel war letzte Nacht sicher kein Ort für eine Dame», sagte Mr. Frere mit etwas säuerlicher Jovialität.

«Oh, ich weiß, was sie meint», sagte Miss MacBee ernsthaft. «Ich war letzte Nacht auch oben am Himmel ...»

«Heiliges Kanonenrohr», rief die Hexe aus. «Aber ...»

«Ja, ich war da», beharrte Miss MacBee. «Ich lag auf der Hängematte, die ich in meinem Keller habe aufhängen lassen, und schloss die Augen und ließ meinen Geist los, und er schoss nach oben wie eine freigelassene Lerche. Er löste sich von den gemeinen Fesseln des Körpers, ja, mein Geist kämpfte in schillernder Rüstung mit den trügerischen, grausamen Geistern von Mördern.»

«Ich hatte keine schillernde Rüstung», seufzte die Hexe, die ein wenig verdutzt dreingeblickt hatte. «Aber ich hatte einen höllischen Streit mit einer Boche-Hexe, die herübergekommen war. Wir kämpften, bis wir von unseren Besen fielen, und dann zitierte sie mir die *Daily Mail*, und dann fiel sie durch ein Loch und brach sich den Rücken über dem Kreuz auf St.-Paul's.»

Es war jetzt an Miss MacBee, verdutzt dreinzublicken, aber sie sagte zu Miss Ford: «Meine Teure, Sie haben uns eine echte Mystikerin beschert.»

Mr. Frere stieß zwar ein lobendes Raunen aus, lehnte sich aber zurück und setzte den zweideutigen Gesichtsausdruck von jemandem auf, der – während er mit Interesse einem Gespräch unter Lügnern lauscht – auf keinen Fall so wirken möchte, als könne man ihn täuschen.

«Was meinen Sie mit ‹Mystikerin›?», fragte die Hexe. «Ich glaube, ich habe mich nicht klar ausgedrückt. Entschuldigung», fügte sie an Miss Ford gerichtet hinzu, «aber dieses Zimmer riecht für jemanden, der von draußen hereinkommt, furchtbar clever. Haben Sie etwas dagegen, wenn ich ein wenig tanze, um die Luft in Bewegung zu bringen?»

«Wir würden uns freuen», sagte Miss Ford nachsichtig. «Soll ich für Sie spielen?»

Die Hexe antwortete nicht; sie stand auf, und während sie aufstand, warf sie ein weißes papiernes Päckchen in das Feuer. Sie tanzte um das Sofa und die Stühle. Der Boden bebte ein bisschen, und ihre Beobachter verdrehten alle gravitätisch die Hälse wie Eidechsen, die eine rege Fliege beobachten.

Das Zimmermädchen lenkte ihre Aufmerksamkeit ab, da es mit einer unhörbaren Ankündigung in der Türöffnung auftauchte, unterbrach allerdings nicht die Tanzübungen der Hexe.

Ein sehr ehrenwert aussehender Mann kam herein. Darnby Frere, der ein Schüler der Werke von Henry James war und daher ständig komplizierte Vermutungen zu Angelegenheiten anstellte, die ihn nichts angingen, und sie dann vergaß, weil sie – anders als Mr. James' Vermutungen – stets falsch waren, traute dem Neuankömmling zu, vielleicht eine Aufsichtsperson in einem Kaufhaus zu sein oder vielleicht ein Fahrkartenkontrolleur der South-Eastern-und-Chatham-Eisenbahngesellschaft, aber ganz gewiss ein Kirchgänger.

Auf jeden Fall sah der Fremde unbehaglich aus, und speziell der Anblick der tanzenden Hexe befremdete ihn.

Miss Ford sah nunmehr ein, dass ihr Mittwoch aus irgendeinem Grund verrückt geworden war. Sie hatte die Zügel dieser gewöhnlich so würdevollen Equipage losgelassen; jetzt konnte sie nichts weiter tun, als sich festzuhalten und die Ruhe zu bewahren.

Sie verbarg daher ihre Unkenntnis, was die Identität ihres neuesten Gastes betraf, presste die Lippen zusammen und goss mit schwacher Hand eine weitere Tasse Tee ein. Der Fremde nahm die Tasse Tee mit einiger Erleichterung und sagte: «Dank Ihnen, gnäd'sche Frau.»

Die Hexe hörte auf zu tanzen und stellte sich vor den Stuhl des Neuankömmlings.

«Ich denke, Ihr Beruf muss sehr entmutigend sein», sagte sie zu ihm. «Menschen dafür zu bestrafen, dass sie Dinge tun, die Sie selbst gern tun würden. Oh, schrecklich entmutigend. Und sagen Sie mir doch – da ist ein kleines Problem, das mich umtreibt, seit der Krieg angefangen hat. Ich habe gehört, Hindenburg habe gesagt, die Deutsche Armee wolle durch London marschieren, sobald sie die Hindernisse, die vor ihr liegen, wegfegen kann. Haben Sie darüber nachgedacht, was mit dem Verkehr passieren wird, denn Sie wissen ja, dass die Deutschen aus Prinzip auf der falschen Seite der Straße marschieren – tatsächlich tun das alle auf der Welt mit Ausnahme der gewissenhaften Briten. Denken Sie nur an die verknoteten Zuckungen des Verkehrs auf der Bank Street, wenn hunderttausend Boches im Stechschritt auf der falschen Seite der Straße marschieren – denken Sie an die arme schmale Fleet Street und an den Stau, der sich am Piccadilly Circus ergeben würde. Was gedenkt ihr Polizisten dagegen zu tun?»

«Isch weiß es ganz sischer nischt, Fräuleinschen», sagte der Neuankömmling kühl. «Es ist lang her, dass ich den Verkehr geregelt habe. Isch bin Beamter in Zivil, gnäd'sche Frau», fügte er an Miss Ford gerichtet hinzu. «Isch fürschte, isch störe Ihre Teegesellschaft, weil Ihr Dienstmädschen mein Anliegen falsch verstanden hat. Aber da isch nun mal hier bin, hoffe isch, Sie entschuldschen, wenn isch erkläre, warum isch hergekommen bin.»

«Oh, gewiss, gewiss», sagte Miss Ford, die ausdruckslos in den Kamin starrte. Ein einigermaßen faszinierender fliederfarbener Rauchfaden trudelte aus der Asche des weißen papiernen Päckchens hervor.

«Die Namen des Bürgermeisters des Brown-Viertels, von Miss Meter Mostyn Ford und Lady A. Higgins – die alle, wie isch vom Dienstmädschen höre, anwesend sind – sind genannt worden als mutmaßlisch gewillt, Auskunft zu geben, die voraussichtlich bei der Suche nach einer verdäschtschen Person hilfreisch sein wird, von der man annimmt, dass sie in ein wohltätsches Treffen, bei dem Sie letzten Samstag anwesend waren, eingedrungen ist, um der Festnahme zu entgehen, nachdem sie grade einen Bagatelldiebstahl bei einem Bäcker, Herrmann Schwab, begangen hatte. Die Person wird jetzt eines schwerwiegenderen Vergehens beschuldscht, nämlisch des Besitzens einer bewaffneten Flugmaschine – unter Missachtung des Gesetzes zur Verteidschung des Reisches – und der Einmischung in die Arbeit von Seiner Majestät Streitkräften während eines feindlischen Angriffes. Man nimmt an, die Person ist ein als Frau verkleideter Mann, aber Nachforschungen haben bisher keine brauchbare Beschreibung ergeben. Sie, Ladys und Gents, sollten, wie isch höre, in der Lage sein, der Polizei in dieser Angelegenheit zu helfen.»

Eine fassungslose Stille herrschte im Raum, die nur von dem malerischen Geräusch der grasige Sandwiches essenden Hexe unterbrochen wurde. Einen Moment später begannen Miss Ford, der Bürgermeister und Lady Arabel alle gleichzeitig zu sprechen, und jeder hielt mit einem Ausdruck der Erleichterung inne, als er hörte, dass jemand anderes bereit war, die Verantwortung für das Sprechen zu übernehmen.

Dann begann die Hexe mit vollem Mund: «Wissen Sie ...», aber Lady Arabel unterbrach sie.

«Angela, Teure, seien Sie still. Das betrifft Sie nicht. Natürlich, Inspektor, wir sind alle nur zu schröcklich bestrebt, alles zu tun, um der Polizei behilflich zu sein, aber Sie müssen die Begebenheit genauer beschreiben. Unser Komitee empfängt so viele Gesuchsteller.»

«Sie sind Lady A. Higgins, nischt?», sagte der Polizist gelassen. «Nun, meine Dame, darf isch fragen, ob Sie sisch bewusst sind, dass die fragliche Person gestern Abend gesehen wurde, wie sie um einundzwanzsch Uhr fünfundvierzsch Ihr Haus verließ, nachdem die Warnung vor dem sisch nähernden feindlischen Angriff ausgegeben wurde, und wie sie in östlischer Rischtung auf einer Flugmaschine schwerer als Luft verschwand, Marke und Nummer unbekannt?»

Die Fäden des eigenartigen Rauches im Kamin nahmen zu. Sie zitterten wie vor Lachen und strömten wie gekräuseltes Haar in den Schornstein hinauf.

«Ich habe gestern Abend eine Dinner-Party gegeben, gewiss», stammelte Lady Arabel. Ein Zittern erfasste die

Socke, die sie strickte. Sie hatte die Ferse schon vor einer Weile gestrickt, aber unter der gegenwärtigen Anspannung komplett die Zehen vergessen. Die verlängerte Socke wuchs jede Minute weiter und weiter, wie ein Abflussrohr mit einem Knick. «Aber ja, natürlich habe ich eine Dinner-Party gegeben, warum sollte ich es nicht? Mein Sohn Rrchüd, Gefreiter bei den London Rifles, diese junge Dame, Miss Angela – ähm – und ihre Freundin – so ein artiges, stilles Geschöpf ...»

«Und wer war noch im Haus?», fragte der Polizist und blickte dabei hochmütig die Hexe an.

«Oh, niemand, niemand. Die Bediensteten haben alle gekündigt und sind gegangen – allzu schröcklich uhnangenehm, dass sie Rrchüd und seine Art nicht ausstehen können. Natürlich war da das Orchester – fünfundzwanzig Instrumente –, aber *so* ehrenwert.»

«Ehrenwert», sagte die Hexe, «ist ein für mich rätselhaftes Wort. Ich kann mir nicht vorstellen, wie es in unsere Sprache gelangt ist, ohne korrekt zu sein. Gewiss doch – ehre-wen-wert ...»

«Sie sagen, Ihr Sohn habe eine besondere Art, meine Dame», unterbrach der Polizist.

«Oh, nichts, was der Rede wert wäre», antwortete Lady Arabel zusammenzuckend. «Bloß unbeschwert ... allzu schröcklich unkonventionell ... erfindungsreich, wissen Sie, beim Durchführen von Experimenten ... Magnetismus ...»

«Experimente in Magnetismus», buchstabierte der Polizist laut in sein Notizbuch. «Und wer hat Ihr Haus gestern Abend um einundzwanzsch Uhr fünfundvierzsch verlassen?»

«Das war ich», sagte die Hexe.

Der Polizist bedachte sie nochmals mit einem vernichtenden Blick.

«Lady Higgins, sagten Sie, Ihr Sohn habe Ihr Haus gestern Abend um einundzwanzsch Uhr fünfundvierzsch verlassen?»

«Ja, aber ...»

«Dank Ihnen, meine Dame.»

«Sie erscheinen mir schröcklich unverschämt», sagte Lady Arabel. «Dies ist kein Gerichtssaal. Mein Sohn Rrchüd hat mit mir und unserem Gast das Haus verlassen, um vor dem Angriff Schutz zu suchen.»

«Dank Ihnen, meine Dame», wiederholte der Polizist kalt und wandte sich Miss Ford zu.

«Könnten Sie die Person identifizieren, die letzten Samstag in Ihr Komiteezimmer gekommen ist?», fragte er sie.

«Nein», erwiderte sie.

«Könnten Sie nischt sagen, ob sie eher wie ein verkleideter Mann oder eine verkleidete Frau wirkte? Könnten Sie nischt irgendeine physische Besonderheit angeben, die Ihnen aufgefallen ist?»

«Nein», sagte Miss Ford.

«Erinnern Sie sisch nischt an letzten Samstagabend?»

«Nein», sagte Miss Ford.

«Ich schon», sagte die Hexe.

Der Polizist war empört. «Isch habe mit dieser Dame

hier gesprochen, Miss M.M. Ford. Können Sie mir wenschstens sagen, gnädsche Frau, wie lange Sie und die Higgins-Familie miteinander bekannt sind?»

«Nein», sagte Miss Ford.

«Achtzehn Jahre», sagte Lady Arabel.

Die Dämpfe aus dem Kamin waren wirklich sehr intensiv, aber niemand lenkte die Aufmerksamkeit auf sie.

«Es tut mir leid», sagte Miss Ford gleich darauf sehr langsam, «dass ... ich ... Ihnen nicht helfen kann. Ich leide ... seit ... letztem ... Samstag ... an ... Nervengewittern ...»

Der Polizist heftete seinen bedrohlichen Blick eine reichliche Minute lang auf sie, bevor er etwas in sein Notizbuch schrieb.

«Ist der Gefreite Richard Higgins heute Abend in der Stadt?», fragte er Lady Arabel in beiläufigem Ton.

«Ich nehme es an», antwortete sie. «Aber er hat so eine schröckliche Angewohnheit zu verschwinden ...»

Der Polizist wandte sich dem Bürgermeister zu.

«Also, Sir», sagte er. «Könnten Sie mir in irgendeiner Weise helfen in ...?»

«Hören Sie», sagte die Hexe und stand auf. «Wenn Sie bloß in mein Haus auf der Fäustlingsinsel kommen würden – ich kann Ihnen wirklich all die Informationen geben, die Sie benötigen. In der Tat, wollen Sie nicht zu mir zum Abendessen kommen? Wenn mir jemand freundlicherweise ein Halbkronenstück leiht, werde ich vorausgehen und etwas kochen.»

Mr. Tovey zog mechanisch eine Münze hervor.

«Komm, Harold», rief die Hexe, packte Harold an seinem Stielband, trat auf den Balkon, stieg auf und flog davon.

Sie ließ ein Zimmer voll Lärm hinter sich zurück.

Der Polizist, der von den seltsamen Dünsten berauscht war, sagte: «Teufel. Teufel. Zum Teufel.»

Lady Angela rief vergeblich: «Angela, Angela, seien Sie nicht so schröcklich unbesonnen.»

Mr. Tovey, den nun in beiden Augen je eine Haarlocke plagte, packte den Polizisten an der Schulter in der Absicht, ihn davon abzuhalten, aus dem Fenster zu springen. «Sie Dummkopf!», schrie er.

Der Bürgermeister schlug sich mit einem lauten Klatschen auf den Oberschenkel. «Grundgütiger», schrie er. «Was für eine Prachtfrau! Sie macht ganz einfach ihre Scherze.»

Miss MacBee lachte hysterisch und sehr laut.

Mr. Darnby Frere sagte recht vorsichtig und mehrmals: «Du meine Güte», und rieb sich den Nasenrücken. Er dachte eigentlich, dass ihn alle auf die Schippe nehmen wollten, aber war sich nicht ganz sicher.

Nur Miss Ford saß still da.

KAPITEL 9

Das Haus Alleinleben zieht fort

Sarah Brown und Richard waren langsam bei Mondlicht gereist, gefolgt vom Hund David. Als sie die Fäustlingsinsel-Fähre erreichten, waren sie überrascht, auf der Insel eine große, zusammengedrängte Menschenmenge zu sehen sowie einen Mann in der Uniform eines Polizisten, der allein auf dem Festland stand. Etwa zehn Yards vom Land entfernt saß der Fährmann in seinem Boot und ruderte sacht, um sich in der Strömung am Ort zu halten.

«Jetzt werden Se ans Ufer kommen müssen», sagte der Polizist in dem Tonfall von jemandem, den langes Streiten erschöpft hat. «Hier sind einige weitere Parteien, die übersetzen wollen.» Er wandte sich Richard zu. «Hören Se mal her, Kamerad», sagte er. «Isch bin hier in Erfüllung meiner Pflischt, und dieser Fährmann hindert misch daran.»

«Herrjeh, herrjeh», sagte Richard.

Der Fährmann sagte: «Und wenn der König von England, ach was, wenn die beiden Geister von Königin Victoria und Albert dem Guten jetzt hier auf die Überfahrt warten würden, ich würd nicht für sie einlaufen, nicht, wenn es Ihnen Gelegenheit geben würd, die Fäustlingsinsel zu betreten.»

Die Menge jenseits des Flusses, die erahnte, dass ein Höhepunkt des Widerstandes erreicht wurde, rief einstimmig: «Jaja, jaja!»

«Is eine der anwesenden Parteien Hauseigentümer auf der Fäustlingsinsel?», fragte der Polizist an Sarah Brown und Richard gewandt.

«Ich», sagte Richard zum Erstaunen seiner Begleiterin.

«Können Se mir irgendwelchen Aufschluss über den Aufenthaltsort einer Person geben, die unter folgenden Namen bekannt is: Iris Hyde, T. B. Watkins, Hangela die Hexe, möglischerweise ein als Frau verkleideter Mann, soll einen Gemischtwarenladen und eine Pension auf der Fäustlingsinsel leiten?»

«Es gibt nur einen Laden auf der Fäustlingsinsel», sagte Richard. «Und nur eine Pension. Alles in einem. Gehört mir. Ich kann Ihnen den Prospekt hersagen, wenn Sie mögen. Ich habe da eine Administratorin. Ich kenne sie schon mein ganzes Leben lang. Ich wusste nicht, dass sie ein als Frau verkleideter Mann sein soll. Und ich wusste nicht, dass sie überhaupt einen Namen hat, geschweige denn ein halbes Dutzend.»

Der Polizist schien die ganze Zeit von Mücken geplagt zu werden. Er schlug sich auf das Gesicht und die Ohren und den Nacken. Es gelang ihm, ein Insekt auf seiner Nasenwurzel zu töten, und aus Versehen ließ er es da haften, einen eigenwillig unwürdigen Leichnam. Sarah Brown hatte Richard im Verdacht, zumindest mitverantwortlich für diese unjahreszeitgemäße Heimsuchung zu sein.

«Diese Partei wird eines Vergehens gegen das Gesetz zur Verteidschung des Reisches beschuldscht», sagte der Polizist, «und zwar eine Flugmaschine zu besitzen – obschon sie Zivilistin is – und ... äh ... die Feinde Seiner Majestät an der Ausführung ihrer Pflischt zu hindern.»

«Ach herrjeh, herrjeh», sagte Richard. «Herrjeh, herrjeh, herrjeh ...»

«Kennt einer von Ihnen den derzeitschen Aufenthaltsort der Partei?», beharrte der Polizist. Da er von allen Seiten von Insekten attackiert wurde, wirkte er in seinem Unbehagen und seiner würdelosen Situation nun einigermaßen erbärmlich. Seine kleinen, von rotem Fett umgebenen Augen starrten verständnislos protestierend; seine dicken, beschäftigten Hände waren nicht flink genug, um seine Angreifer abzuwehren. Er fühlte sich erfolglos und töricht und fast am Boden. Auf durchaus übertriebene Weise wünschte er sich, daheim bei seiner ihn bewundernden Frau in Acton zu sein.

Sarah Brown schüttelte zur Antwort den Kopf, und Richard konnte nichts sagen außer: «Ach herrjeh, herrjeh ...»

«Darf isch bitte Ihren Namen und Ihre Privatadresse und Ihre Regimentsnummer aufnehmen, junger Mann», sagte der Polizist nach einer Pause der Ratlosigkeit.

«Also meine Adresse», sagte Richard mit echter Beschämung, «ist etwas, woran ich mich ehrlich nie erinnern kann. Ich weiß, dass ich sie gehört habe; schon auf dem Schoß meiner Mutter habe ich versucht und versucht, sie zu lernen. Sie fängt mit einem H an, denke ich.

Das ist das Schlimmste daran, nicht lesen oder schreiben zu können. Ich kann Ihnen den Ort genau beschreiben, ein Haus mit vielen Fenstern, das einen weiten Blick hat. Wenn Sie dem Marble Arch den Rücken zukehren und weitergehen, bis Sie an ein großes Plakat kommen, auf dem steht ‹Iss weniger Fleisch›, und dann nach rechts abbiegen –» (er zeigte nach links) «– oder wenn Sie, andererseits, in gerader Luftlinie fliegen wie ein Vogel – oder vielmehr wie eine Hexe ...»

«Se werden wegen dieser Torheit noch was zu hören kriegen, mein feiner Freund», sagte der gequälte Polizist mit fast gebrochener Stimme. «Nun, da Se die Auskunft verweigern und dieser Fährmann es für rischtsch hält, sisch der Polizei zu widersetzen, bleibt mir keine andere Wahl, als meinen Kameraden herbeizupfeifen und ihn hierzulassen, während isch ein Polizeiboot rantelefoniere.»

Er hob seine Pfeife an die Lippen, aber bevor er hineinblasen konnte, übermannte ihn der Höhepunkt dieses Abends, des am wenigsten erfolgreichen Abends seines Lebens. Ein Schatten sauste über die Gruppe hinweg, eine große fliegende Masse erwischte ihn voll im Nacken und warf ihn vom Landungssteg in den Fluss.

Die Hexe auf Harold dem Besen landete an der Stelle, die der Polizist geräumt hatte.

«Oh, schaut, was hab ich nur getan, schaut, was hab ich nur getan ...?», rief sie in geradezu ekstatischer Verärgerung aus. Es bestand keine Notwendigkeit, irgendjemandem zu sagen, er solle hinschauen. Etwa fünfhundert

Menschen taten es bereits voller Enthusiasmus. «Oh, was für eine schrecklich schlechte Landung! Oh, Harold, wie konntest du so unachtsam sein?»

Sie fasste den sich duckenden Harold bei der Mähne und schlug ihn ein- oder zweimal heftig mit der Hand. Richard reckte dem umherplanschenden Polizisten seine Reitpeitsche entgegen und murmelte dabei: «Ach herrjeh, herrjeh ...»

«Haben Sie keine Angst», sagte die Hexe zu dem Polizisten. «Wir holen Sie gleich raus, und das Wasser ist so flach, Sie können nicht versinken. Wo gerade vom Sinken die Rede ist, es gibt da eine Frage, die mir ziemliches Kopfzerbrechen bereitet, Richard. Wenn eine Ratte in ein U-Boot geriete, wie würde sie sich verhalten? Ein U-Boot, weißt du, ist ein Schiff, das sinkt, und Ratten rühmen sich so sehr damit, dass sie wissen, wann man ...»

Sarah Brown packte die Hexe an der Schulter. «Verschwinde, Hexe», sagte sie.

«Was meinst du mit ‹verschwinde›?», fragte die Hexe. «Ich bin doch gerade erst gekommen?»

«Verschwinde, verschwinde», war alles, was Sarah Brown zu wiederholen vermochte.

«Oh, also gut», sagte die Hexe in ihrer beleidigten Erwachsenenstimme. «Ich schätze, ich verstehe einen Wink so gut wie jeder andere. Ich verschwinde.»

Sie nahm mit einer gereizt-schwungvollen Bewegung auf Harolds Sattel Platz und flog davon.

Der Polizist stieg aus dem Wasser und sah dabei aus wie eine aufgebrachte Robbe. Schallendes Gelächter von der anderen Seite des mondbeschienenen Flusses verschlug ihm die passenden Worte.

«Nischt so schnell, mein feiner Freund», brüllte er, als er sah, dass Richard das Pferd Vivian auf die Nüstern küsste, um gleich auf ihm wegzureiten. «Glauben Se nur nischt, dass isch nischt weiß, wer hinter alldem steckt.»

«Sie haben keine Ahnung, wie müde ich lauter Geräusche bin», sagte Richard und hob mit Würde einen Fuß in den Steigbügel. «Sie haben keine Ahnung, wie bitterlich ich mich danach sehne, still zu sein und Dinge in weiter Entfernung zu hören ... Aber immer ist da eine wütende Stimme oder der wütende Lärm von Waffen dazwischen ...»

Er zwirbelte lässig etwas von der Mähne des Pferdes Vivian um einen Finger und zog sich langsam in den Sattel. Der Polizist stand auf mysteriöse Weise machtlos da. Wasser tropfte laut von seinen Sachen und untermalte Richards leises Sprechen.

«Werter Herr Polizist», fuhr Richard fort. «Ich glaube, Sie haben heute Abend so viel geredet, dass Sie nicht gehört haben, was für eine stille Nacht es ist. Sie sind kleiner als ein Stern, und dennoch machen Sie mehr Lärm als alle Sterne zusammengenommen. Sie sind nicht so kalt wie der Mond, und dennoch klappern Ihre Zähne lauter als seine. Die Hitze Ihres Zornes ist geringer als die Hitze der Sonne, und dennoch, während sie schweigsam ist und weit entfernt, füllen Sie die Luft mit Gezeter und – wenn ich das so sagen darf – scheinen hier länger zu verweilen, als Sie erwünscht sind. Oh, werter Herr Polizist, lauschen

Sie ... Wissen Sie, wenn auf dieser Seite kein London wäre und kein Krieg auf der anderen, wäre die Stille tief genug, um alle Meere aller Welten zu füllen ...»

Er schüttelte die Zügel, und das Pferd Vivian trat leise auf den Streifen Gras, der den Pfad zur Fähre säumt.

«Ich werde jetzt mit meiner Wahren Liebe sprechen», sagte Richard, dessen Stimme immer leiser wurde, da er davonritt. «Die Stimme meiner Wahren Liebe ist die einzige Stimme, die für mich noch ein wenig schöner ist als Stille ...»

Einen Moment lang sah er von Kopf bis Fuß aus wie ein Zauberer. Jeder Knopf an seiner Uniform und jede Schnalle an Pferd Vivians Geschirr fing das Mondlicht ein und verwandelte sich in Feenflitter, als er sich umwandte und mit der Hand winkte. Dann verschwand er.

Der Polizist wirkte beruhigter, als er auf Sarah Brown sah, die bleich und abgehärmt vor Schmerzen am Flussufer saß, den Arm um den zitternden David gelegt.

«Gleich, gleich, mein Einziger», sagte sie zu David. «Wir sind fast zu Hause. Wir werden jetzt bald unsere Ruhe haben.»

Sarah Browns Erscheinung hatte immer etwas verblüffend Friedfertiges.

«Isch würd trotzdem gerne wissen, wer für diesen Frevel verantwortlisch war», sagte der Polizist.

Sarah Brown hörte ihn nicht, aber sie sagte: «Ach, es tut mir so sehr leid, dass das passiert ist. Es war selbstverständlich ein bloßes Missgeschick, aber es ist so schrecklich mit anzusehen, wenn jemandes Würde ein Missgeschick zustößt. Sie müssen es schnell vergessen, Sie müssen los und jemanden finden, der Sie von Ihrer besten Seite kennt, Sie müssen ihr eine edle, veränderte Version des Vorfalls erzählen, und dann werden Sie sich besser fühlen.»

Der Fährmann rief: «Ich habe nichts dagegen, jetzt einzulaufen, um diese junge Frau abzuholen. Sie können jetzt auch einsteigen, wenn Sie mögen, Mr. Wichtigtu-im-Weiher, denn die Person, nach der Sie suchen, ist nicht zu Hause, und ich habe keinen Zweifel daran, dass die Menge da drüben Ihnen ein fröhliches Willkommen bereiten wird.»

«Isch werd misch der Angelegenheit morgen annehmen», sagte der Polizist. «Se haben das letzte Wort dazu noch lang nischt gehört, keiner von Ihnen, bei Weitem nischt. Ich hätt nischt übel Lust, den Bürgermeister Ihnen gehörig die Leviten lesen zu lassen.»

Als Sarah Brown auf der Fäustlingsinsel anlandete, konnte sie die unterschiedlichen Gesichter der wartenden Menge nicht unterscheiden, aber sie hörte schrille, besorgte Stimmen.

«Die krieg'nse nich – nich, solang ich was zu sag'n hab.»

«Sie sagt nichts, was nicht liebenswürdig ist, das gute Lämmchen.»

«Sie hat mehr von einer Heiligen als die im Kalender.»

«Sie hat meim Danny ein Zimmer in ihrm Haus gegeb'n und ihm Mut gemacht, nachdem er im Krieg sein Augenlicht verlor'n hat.»

«Sie ist die gute Fee der Insel.»

«Sie hat in einer Nacht all die Schönen Hänschen in meinem Garten wachs'n lass'n, als ich neu hier war un Heimweh nach Devon hatte.»

«Die Polizei is immer hinter Heiligen und Feen her, so isses immer schon gewes'n.»

«Aber die Polizei wirdse nich kriegen.»

«Die Polizei hat sie vertrieben», sagte Sarah Brown. «Es gibt jetzt keine Magie mehr auf der Fäustlingsinsel.»

Sie schwankte durch die offene Tür des Ladens. «Das ist Richards Haus», sagte sie sich, als sie eintrat, und fühlte sich doppelt allein, denn Richard war weit weg, er ritt zu seiner Wahren Liebe. Sie entzündete ihr letztes Streichholz, steckte die Laterne an und sah sich um. Da war kein Geräusch im Haus Alleinleben; sie dachte, es würde dort nie wieder einen magischen Klang geben, der zu ihrem eingekerkerten Gehör durchdrang. Die Schürzen, die nahe der Tür von der Decke hingen, flatterten im kalten Wind, und sie kamen ihr wie graue Fledermäuse in einer Höhle vor. Die Brise blies die offene Laterne aus. Ach, wie trostlos, wie trostlos ...

Ein Stück Papier war mithilfe einer kopflosen Hutnadel auf der Theke aufgespießt. Darauf stand etwas sehr groß und schlecht geschrieben. Sarah Brown las: «Tja, Ministrone, 's scheint, als is mein Nacht komm'n, und was sachste dazu, Scherrie is auch komm'n. Er und ich sin weg annen Ort, den er kennt, was ein schöner Ort is für so 'n Jung wie Elbert, um da g'bor'n zu werd'n, also für jetz nix erst ma mehr von deine treue Peony.»

Sarah Brown stieg die kurze Treppe – schmerzhafte Stufe um schmerzhafte Stufe – zu ihrer Kammer hinauf. Sie setzte sich auf ihr Bett, hielt sich dabei die pochende Seite und atmete mit banger Vorsicht. Sie sah auf den leeren Feuerrost. Sie steckte sich eine Zigarette in den Mund, die unbewusste und unnütze Reaktion aller, Die Allein Wohnen, auf den blinden Hunger nach Geborgenheit. Aber sie hatte keine Streichhölzer, und da sie halb ahnte, dass ihr Tasten nach Geborgenheit ohne Ergebnis geblieben war, steckte sie sich gleich darauf gedankenverloren eine weitere Zigarette in den Mund. Und kam sich dann wie eine Närrin vor.

Sie starrte das kalte Fenster an. Der Himmel schien mithilfe von ein oder zwei schiefen Sternen nachlässig daran festgenagelt zu sein.

Dies sind die schrecklichen Nächte des Alleinlebens, wenn man Fieber hat, und man denkt zuweilen, dass der Geliebte im Türrahmen steht, um einem Trost zu bringen, und dann denkt man wieder, man hat gar keinen Geliebten und dass auf der ganzen Welt niemand übrig ist, kein Wort, keine Wärme, erst recht keine freundliche Kerze mehr, die sich entzünden ließe in dieser gesprenkelten Dunkelheit, deren Mauern einem den heißen Blick versperren. Abermals träumt man in solchen Nächten, dass man jene wohltuenden Dinge, nach denen der Körper verlangt, schon getan hat oder vielleicht dass Jener Andere sie getan hat. Endlich ist das Feuer gebaut und entzündet, eine Tasse mit etwas Kühlem und wunderbar Saurem steht griffbereit, man hört im Korridor das köstliche Klappern von Porzellan auf einem Tablett – jemand kommt mit Speisen, die man liebend gern betrachten würde und gleich darauf vielleicht auch essen ... wenn man sich besser fühlt. Aber wieder und wieder öffnet man die Augen in der kalten, stummen Dunkelheit, und da ist nichts außer dem Wind und einer seltsamen Leere, die unheimlich auf der Treppe knarrt.

Dies sind die schrecklichen Nächte des Alleinlebens, dennoch würde niemand, der dieses Haus und diesen Zustand wirklich liebt, jemals eine dieser gespenstischen und einsamen Nächte eintauschen für eine behütete, an einem weichen, warmen Ort verbrachte Nacht.

Sarah Brown wurde in dieser Nacht nicht lange dabei allein gelassen, den Streifen Mondlicht auf der kalten Asche ihres Kamins zu betrachten. Der Laden im Untergeschoss bebte plötzlich von vielen Schritten, und das metallische übereifrige Bellen des Hundes David durchriss die stille Luft ihrer Zelle.

Die Stimme eines Mannes am Fuß der Treppe sagte: «Ich höre einen Hund bellen.» Und die Stimme einer Frau folgte darauf: «Angela, Teure, sind Sie das?»

Sarah Brown war sich lediglich einer unbestimmten und lästigen Ruhestörung bewusst. Sie tastete sich zu ihrer Tür vor, öffnete sie und schrie jämmerlich: «Gehen Sie weg, Herr Polizist, gehen Sie weg. Sie ist nicht hier.»

Lady Arabel kam mit einer elektrischen Taschenlampe leuchtend herauf.

«Meine Teure, Sie sehen schröcklich angegriffen aus. Na schauen Sie mal, Sie zittern. Na schauen Sie mal, Ihr kleiner Hund macht Ihre Tagesdecke schmutzig. Haben Sie keine Angst um Angela, wir sind alle hier, um zu versuchen, ihr zu helfen.»

«Alle hier?»

«Ja, Meta und der Bürgermeister und Mr. Tovey und Mr. Frere. Lassen Sie mich Ihnen ins Bett helfen, und dann werden Sie mir erzählen, was Sie von Angela wissen. Sie haben eine schröcklich anstrengende Zeit gehabt.»

«Es geht mir gut», sagte Sarah Brown nicht gerade freundlich. «Ohne mich wird keiner von Ihnen der Hexe helfen.»

«Ach, das ist alles sehr schröcklich», seufzte Lady Arabel. «So töricht von uns, alle zusammen hierherzukommen, nachdem der Polizist unsere Namen und Adressen aufgenommen hat und schröcklich unverschämt und argwöhnisch war. Aber Meta hat darauf bestanden. Ich erwarte eigentlich, die nächsten vierundzwanzig Stunden im Gefängnis zu verbringen oder aber für Vergehen Gegen Das Reich erschossen zu werden. Genau genommen, als Steuerzahlerin muss ich sagen, ich denke, die Polizei hätte es bereits tun sollen. Doch Meta meinte, wir könnten Angela vielleicht helfen ... Meta hat viele Freunde, die wohl einflussreich sind ... aber *derart* redselig, meine Teure.»

Sie ging voran die Treppe hinunter. Mr. Tovey und der Bürgermeister unterhielten sich am Fuß der Treppe, Mr. Frere hörte mokant zu. Als Sarah Brown an ihnen vorbei in den Laden ging, roch sie den unblumigen Duft, der stets die Anwesenheit von Miss Ford verriet. Sarah

Brown selbst wurde von nichts Verlockenderem als einem schwachen Geruch nach Benzin begleitet, der bezeugte, dass ihre Kleidung kürzlich daheim gereinigt worden war.

In der Dunkelheit des Ladens sah sie Miss Ford, die über die große, beschwerliche Schublade gebeugt war, in der die Hexe ihre Magie aufbewahrte, und eben versuchte, sie zu schließen.

«Das ist schrecklich explosiv», sagte Sarah Brown.

Miss Ford zuckte zusammen und richtete sich auf. «Ah, Miss Brown ... Ich habe mich nur umgesehen ...»

Sarah Brown, die nach Luft rang, setzte sich auf die Theke, und der Rest der Gruppe betrat wieder den Laden und brachte die Laterne mit.

«Das alles ist so völlig absurd», sagte Miss Ford nervös. «So viel Mühe auf sich zu nehmen wegen eines Falls von Bedürftigkeit.»

«Ich habe Amerika im Sinn», sagte Lady Arabel. «Wenn wir sie dort hinbringen könnten. Jeder, der irgendetwas Dummes getan hat, geht nach Amerika. In der Tat, wenn ich es recht erinnere, ist Amerika ausschließlich von Flüchtlingen bevölkert, die anderswo herkommen. Allzu schröcklich verwirrend für die Indianer. Man sagt, die Geschichte vom Turmbau zu Babel war eigentlich eine Prophezeiung über das Woolworth-Hochhaus ...»

«Sie würde keinen Pass bekommen», sagte Mr. Darnby Frere, der als Einziger unter den Anwesenden wirklich bei klarem Verstand war. «Nur ein Wunder kann dieser Tage einen Pass beibringen, besonders für eine Gesetzesflüchtige.»

«Nur ein Wunder – oder Magie», sagte Sarah Brown.

Miss Ford bewegte sich hinter der Theke instinktiv in Richtung der noch offenen Schublade, die mit den Zutaten für Glückseligkeit gefüllt war.

«Wir müssen bedenken», fügte Mr. Frere hinzu, «dass sie ja doch gegen das Gesetz verstoßen hat. Eigentlich kann ich mir beim besten Willen nicht vorstellen, warum um Himmels willen wir alle ...»

«Oh, Darnby, sei doch vernünftig», sagte Miss Ford. «Natürlich wissen wir, dass es falsch ist, das Gesetz zu brechen, aber in diesem Fall – also, ich selbst wäre die Letzte, die es ihr verdenken würde.»

«Nein, nicht die Letzte», sagte Sarah Brown.

«Was meinen Sie?»

«Ganz sicher nicht die Letzte. Wahrscheinlich nicht einmal die Vorletzte. Sie schmeicheln sich.»

«Na, sicher doch kennen ein paar der Damen hier, die sich in den höchsten Kreisen bewegen, Gentlemen im Außenministerium, die so eine Wir-drücken-ein-Auge-zu-Kleinigkeit übernehmen würden, um alter Zeiten willen», regte der Bürgermeister an.

Das war eine Herausforderung für Miss Ford. Sie hörte auf, Sarah Brown hochmütig anzustarren. «Männer aus drei Abteilungen des Außenministeriums sind recht reguläre Mittwochsfreunde von mir», sagte sie. «Aber ich könnte kaum einen von ihnen in einer so – äh – so belanglosen Angelegenheit bemühen.»

Es herrschte Stille, während Miss Ford behutsam mit einem der papiernen Päckchen aus der Schublade der

Hexe spielte. Gleich darauf sagte sie: «Was ist mit Richard?»

Lady Arabel zeigte sich plötzlich verärgert. «Fängst du schon wieder an, Meta, ich habe wieder und wieder mit dir darüber geredet. Es heißt immer Rrchüd dieses und Rrchüd jenes, wenn irgendetwas auch nur geringfügig Uhnangenehmes oder Ungewöhnliches geschieht. Man könnte meinen, du hältst den armen Jungen für einen Zauberer.»

«Du brauchst nicht die Beherrschung zu verlieren, Arabel», sagte Miss Ford kühl. «Ich meinte lediglich, dass Richard nützlich sein könnte, da er so viele Freunde hat und solch ein Geschick für ... Chemie ...» Gleichsam unbewusst riss sie eine Ecke des magischen Päckchens ab, das sie in der Hand hielt, bevor sie hinzufügte: «Und außerdem glaube ich, wie ich dir schon oft gesagt habe, dass Richard echte Okkulte Kräfte besitzt, was ihm ein besonderes Interesse an diesem Fall verleihen würde.»

Sarah Brown, die ihr Gesicht in den Händen vergraben hatte und einen Großteil der Unterhaltung verpasste, bekam Richards Namen mit und sagte: «Richard ist zu seiner Wahren Liebe gegangen.»

Ein Sturm verhaltener Betretenheit kam auf.

«Sie fiebert», murmelte Miss Ford und wurde dabei scharlachrot.

«Meine liebe Sarah», sagte Lady Arabel schroff. «Sie irren sich da sehr gründlich, und ich muss Sie sehr darum bitten, vorsichtig dabei zu sein, leeres Geschwätz über meinen Sohn zu wiederholen. Rrchüd ist in seinem Büro.

Sie wissen, es hat nur nachts geöffnet – einer von Rrchüds drolligen Einfällen.»

«Ich werde sein Büro anrufen», sagte Miss Ford und beschloss, Sarah Brown sowohl jetzt als auch in Zukunft zu ignorieren. «Wo ist das Telefon?»

«Es gibt keines», erwiderte Sarah Brown. «Dies ist das Haus Alleinleben.»

Miss Ford schüttete ein oder zwei Körnchen der Magie in ihre Handfläche. «Wie leichtgläubig Menschen doch sind», sagte sie mit einem verlegenen Lächeln. «Wenn Thelma Bennett Watkins hier wäre, würde sie diesem Pulver zuschreiben, dass ...»

Sie hielt inne, denn ein erstaunlich scharfer Geruch erfüllte den Laden. Fast unmittelbar drang aus der Ecke ein eigenwilliges, keuchendes Geräusch, das von leichtem Klopfen unterbrochen wurde. Es war Mr. Bernard Tovey, der versuchte «Mon cœur s'ouvr' à ta voix» zu singen und den Takt schlug, indem er seine Hacken gegen die Theke schwang, auf der er saß.

Sarah Brown fühlte sich plötzlich gesund. Sie zitterte, aber war gesund. Sie sprang von der Theke. «Wenn Sie mögen, laufe ich hinüber», sagte sie, «und rufe Richard vom Haus des Fährmanns aus an. Vielleicht hat er seine Wahre Liebe jetzt verlassen. Am Telefon bin ich nicht taub, und der Fährmann wird Fremde nicht hereinlassen.»

Als sie fortging, wurde der Geruch nach Magie stärker und stärker. Mr. Tovey, der immer noch in der Ecke Dalila imitierte, näherte sich den aufregenderen Passagen

des Liedes. Miss Ford sagte: «Also wirklich, Bernard ...»
Sarah Brown beschlich ein etwas ungutes Gefühl.

Ein warmes und ziemlich dramatisch aussehendes Licht leuchtete hinter dem roten Vorhang im Sprossenfenster des Fährmanns, als Sarah Brown die mondbeschienene Straße überquerte. Nach den jüngsten schwarzen Stunden erfreute sie sich daran, an all jene Menschen auf der Welt zu denken, die spießig und behaglich in kleinen hässlichen Zimmern saßen, die sie liebten, und sorgfältig stille Dinge taten, die ihnen Freude machten. Und sie sagte sich, dass der Gedanke an Richards kleines Büro, das jede Nacht in der verlassenen City einsam und erleuchtet war, sie in der Dunkelheit oft trösten würde.

Der Fährmann öffnete die Tür und lud sie liebenswürdig dazu ein, sein Telefon zu benutzen. Er hatte an seinem Tisch gesessen, umringt von den Schlangen, die ihm eine Familie ersetzten. Auf dem Tisch stand eine Schale mit Milch, aus der eine große Bullennatter mit einer farbenfrohen Türkischer-Teppich-Muster-Zeichnung trank. Eine schwarz-gelbe Pythonschlange lag in mehreren Achterschleifen zusammengeringelt im Lehnsessel, und eine kleine, intelligent aussehende staubfarbene Schlange mit einer breiten Nase und einer aktiven Zunge lehnte sich aus der Brusttasche des Fährmanns.

«Sind sie nicht wunderschön?», sagte er mit schüchternem und väterlichem Stolz, als Sarah Brown versuchte, eine Stelle zu finden, an der die Pythonschlange es mochte, gekrault oder gekratzt zu werden. Irgendwie hat die Python aus Sicht des Streichelnden eine karge Gestalt. Der Fährmann sprach weiter: «Das Packende und Schnellende in einem Schlangenkörper hat etwas an sich, das mich ganz aus dem Häuschen bringt vor Vergnügen. Wissen Sie, für mich sind Schlangen einfach ein Arzneimittel, das statt in Flaschen per Yard verkauft wird. Mein Gehirn wird jeden Tag kälter und ruhiger, und all das nur, weil ich Schlangen so sehr liebe.»

Sarah Brown rief in Richards Büro an, und die übertrieben kultivierte Stimme eines jungen Gentleman-Büroangestellten antwortete ihr.

Mr. Higgins sei nicht im Büro.

Mr. Higgins habe eigens die Nachricht hinterlassen, dass, falls ihn jemand suchen sollte, ihm mitgeteilt werden solle, er sei – äh – zu seiner Wahren Liebe gegangen.

Aber jedwede unbedeutende geschäftliche Angelegenheit, die etwas mit Magie zu tun habe, könne in seiner Abwesenheit erledigt werden. Mr. Higgins verbrächte momentan so viel seiner Zeit auf dem Schlachtfeld, dass ein Gutteil der Routinearbeit sowieso von dem Sprechenden, seinem Prokuristen, erledigt werden müsste.

Pässe für Amerika? Ganz einfach. Das Büro müsse schlicht leere Blätter ausstellen, die auf eine bestimmte Art und Weise behandelt worden waren, und jede Amtsperson, der das Blatt vorgelegt werden sollte, würde darauf genau das lesen, was sie verlangte. Aber Mr. Higgins würde sein Zeichen und Siegel beifügen müssen. Mr. Higgins werde irgendwann heute Nacht im Büro sein, wahrscheinlich noch diese Stunde.

Wie viele Pässe?

«Zwei», sagte Sarah Brown. «Einen für meine Freundin und einen für mich. Ein Hund braucht keinen, oder – ein britischer Hund? Ich werde die Kojen morgen buchen. Ich kann meine Ohrringe versetz... oder vielmehr, ich kann meine Kriegsanleihe verkaufen.»

Als sie den Hörer aufhängte, fragte der Fährmann: «Feiern Sie eine Party oben im Laden, in Abwesenheit der Administratorin?»

«Nicht absichtlich», sagte Sarah Brown. «Warum?»

«Nun, ich habe mich nur gewundert. Es kommt ein Lärm wie tausend wahnsinnige, rückwärtsspielende Grammofone von dort her.»

Sarah Browns ungutes Gefühl kehrte zurück wie ein Donnerschlag. Sie eilte wieder zum Laden.

Die Laterne stand in der Mitte des Fußbodens, ihr Glas war zerbrochen, und aus jedem ihrer acht Paneele quoll, wie das Blütenblatt einer riesigen Blume, eine große, sechs oder sieben Fuß hohe Flamme. Diesen Flammen zugewandt standen Hand in Hand Miss Ford und Mr. Tovey, die jeweils sehr ernsthaft ein anderes Lied sangen. Lady Arabel hatte irgendwo einen patentierten Feuerlöscher gefunden und setzte gerade ihre Brille auf, um die Gebrauchsanweisungen zu lesen. Mr. Frere zauderte im Hintergrund mit einer undichten Keksdose voll Wasser. Der Bürgermeister war verschwunden.

«Heiliges Kanonenrohr!», sagte Sarah Brown. «Sie werden das ganze Haus niederbrennen. Schauen Sie auf die Reihe mit Unterkleidern da oben, die bereits Feuer fangen. Was haben Sie mit dem Bürgermeister angestellt?»

«Wir haben ihn aus Versehen unsichtbar werden lassen», flüsterte Mr. Tovey. «Aber ps-s-st, er weiß es noch nicht.»

«Nichts ist mehr von Bedeutung», sagte Miss Ford. «Wir gehen alle nach Amerika.» Und sie sang weiter ihr Lied, das sie aus dem Stegreif dichtete und das vom Meer handelte.

«Aber das ist kein Grund, warum Sie das Haus niederbrennen sollten», sagte Sarah Brown.

«Das dachte ich auch», stimmte Mr. Frere zu. «Aber Wasser löscht diese Flamme nicht.»

Die Sänger verstummten. Nur die Stimme des unsichtbaren Bürgermeisters war zu hören, der mit seinem lauten, bebenden Organ unter Begleitung seiner eigenen unsichtbaren, stampfenden Füße «If those lips could only speak» sang.

«Sie haben Magie in diese Flamme gegeben», sagte Sarah Brown zerfahren. «Ich habe Ihnen doch gesagt, dass sie gefährlich ist. Nichts kann die Magie löschen außer noch mehr Magie. Was wird die Hexe sagen?»

«Es spielt keine Rolle, was irgendjemand sagt», sagte Miss Ford. «Wir gehen alle nach Amerika. Kein Ort und keine Person spielen eine Rolle, wenn ich nicht da bin. Es existieren keine Orte und keine Menschen da, wo ich nicht bin. Ich habe es früher schon vermutet, und nun bin ich sicher, dass alles außer mir bloßer Schein ist. Schauen Sie, wie leicht es war, diesen widerlichen Lebensmittelhändler aus dem Blickfeld zu verweisen. Er war nur ein bisschen Hintergrund. Ich habe ihn übermalt.»

Die Textilabteilung an der Decke stand jetzt in Flammen, und Flocken aschener Unterkleider und die Metallfassungen von Knöpfen regneten zu Boden.

«Ich gehe und hole Hilfe», sagte Sarah Brown und eilte nach draußen, fieberhaft gefolgt von David, der in Momenten der Krise kein sehr mutiger Hund war, jedoch geschäftig und hilfreich erscheinen wollte. Sie kehrten zum Telefon des Fährmanns zurück. Sarah Brown wusste, dass das Feuer ein magisches Feuer war und dass ein Appell an die Londoner Feuerwehr lediglich eine Niederlage und eine unnötige Verunsicherung für eine ansonsten verdienstvolle Organisation bringen würde.

Sarah Brown rief in Richards Büro an, und Richard, der ein heroisches und fast filmisches Talent dafür hatte, zur rechten Zeit am rechten Ort zu sein, war selbst am Apparat.

«Kommen Sie sofort», sagte Sarah Brown. «Das Haus Alleinleben steht in Flammen. Jemand hat sich an der magischen Schublade zu schaffen gemacht.»

«Ach herrjeh, herrjeh», sagte Richard. «Und im Büro gibt es diese Nacht auch so viel zu tun. Meinen Sie, es ist wirklich wichtig? Es ist mein Haus, wissen Sie?»

«Also, ich weiß nicht, was die Fäustlingsinsel davor bewahren sollte, bis zum Ufer abgebrannt zu werden. In der Tat, da es sich um ein magisches Feuer handelt, wüsste ich nicht, warum es am Ufer haltmachen sollte. Ganz zu schweigen davon, dass der Bürgermeister ...»

«Also schön, ich komme», sagte Richard.

Als sie aus der Tür trat, traf er gerade ein.

«Ich bin per Blitz gekommen», erklärte er, während er sein Haar glatt strich und seine Bill-Sykes-Schirmmütze zurechtrückte wie jemand, der sich rasch fortbewegt hat. «Der Blitzverkehr funktioniert zunehmend schlecht. Ich wurde eine ganze Dreiviertelsekunde über Whitehall aufgehalten. Es kam eine Kriegsnachricht per Funk herein, und der Blitz musste sie vorbeilassen. Nun, was soll die ganze Aufregung, Sarah Brown?»

Eine Menge von wahnbesessenen Fäustlingsinselbewohnern war um das Haus Alleinleben versammelt. Während Sarah Brown und Richard etwa fünfzig Yards entfernt waren, umfasste plötzlich eine ungeheure und vielzackige weiße Flamme das ganze Haus wie eine Hand, die es umklammerte und zermalmte.

«Die Reisigbündel rings um den Scheiterhaufen sind angezündet», sagte Richard. «Aber die Hexe ist geflohen.»

Es schien, als ob die Sterne von der Flamme verschlungen würden, so hell überstrahlte sie sie. Die Flamme schrumpfte in sich zusammen und verglomm. Es gab kein Haus Alleinleben mehr.

«Oh, Richard», sagte Sarah Brown. «Deine Mutter und Miss Ford und ...»

«War Mutter da drin?», fragte Richard ruhig. «Wunder gibt es immer wieder. Nun, nun – es ist günstig, dass keine Magie, egal welcher Art, Mutter je antasten könnte.»

Und tatsächlich, als sie sich einen Weg durch die Menge bahnten, sahen sie alle, die gerade noch im Laden gewesen waren, an der Eingangspforte streiten.

«Ich habe sie nicht angeblasen», sagte Mr. Tovey mit gekränkter Stimme. «Ich habe gesungen, nicht geblasen.»

«Also, ich weiß nur, dass, während Sie auf diesem hohen Ton angelangt waren, etwas die Flammen zerstreute und diese Schublade voller Sprengstoff Feuer fing», sagte Mr. Darnby Frere aggressiv und gestikulierte dabei mit seiner leeren Keksdose.

«Es spielt keine Rolle», sagte Miss Ford ruhig. «Wir werden morgen alle übers Meer fahren.» Sie wurde ein wenig munterer und sagte mit einem Lächeln zu Mr. Frere: «Wissen Sie, die Seefahrt liegt mir im Blut. Mein Vater kommandierte anno 84 die H.M.S. *Indigestible*.»

«Ich frage mich, was die Flamme so plötzlich gelöscht hat», fragte Mr. Tovey, der immer noch mit einer Hand verträumt den Takt zu einer imaginären Musik schlug.

«Ich habe es gelöscht», sagte Richard.

«Ich frage mich, wessen Haus es ist», fügte Mr. Tovey hinzu und drehte sich leicht, um Richard anzusehen.

«Es ist mein Haus», sagte Richard.

Sie alle wurden seiner Anwesenheit gewahr.

«Dein Haus, lieber Rrchüd?», rief Lady Arabel aus. «Bist du sicher? Ich wusste nicht, dass die Higginsens auf der Fäustlingsinsel ein Haus haben.»

«Jetzt haben sie keines mehr», erwiderte Richard. «Aber es macht nichts. Ich habe schon immer den Eindruck gehabt, dass es auf der Welt zu viele Häuser gibt. Die meisten Häuser sind Fallen, in die alles hineingeht, jedoch nichts herauskommt. Es bekümmert mich stets, wenn ich Lieferanten sehe, die an der Hintertür Nahrung einfüllen, ohne dass ein Ergebnis oder eine Rechtfertigung aus der Vordertür herauskommt. Ich denke häufig, dass nur Häuser, die von menschlichen Körpern verlassen wurden, wirklich bewohnt sind.»

«Ich war es, die dein Haus niedergebrannt hat, Richard», sagte Miss Ford. «Aber es spielt keine Rolle. Es war kein echtes Haus.»

«Du hast recht», sagte Richard. «Für jemanden wie dich, liebe Meta, war es kein echtes Haus. Es war das Haus Alleinleben, und nur für Menschen, die allein leben, war es echt. Es ist jetzt dunkel und verlassen und dem kalten Erdboden gleichgemacht. Es ist, als wäre es ein Zelt, das von seinem Standort entfernt wurde, um den Geschicken jener zu folgen, die allein wohnen und fortwährend in aller Stille durch die Welt auf und ab wandern ...»

Er sah Sarah Brown an.

«Da vom Wandern die Rede ist», sagte Miss Ford. «Wir gehen alle nach Amerika, Richard. Kannst du uns Pässe besorgen?»

«Selbstverständlich», willigte Richard ein. «Nach Amerika, was? Ein netter kleiner Ausflug für euch alle. Amerika, wisst ihr, wäre ganz und gar magisch, wenn da nicht die Amerikaner wären ...»

«Ich habe einen beträchtlichen Freundeskreis in New York», sagte Miss Ford, die sich von ihrem Nervengewitter zu erholen schien.

«Nehmt euch in Acht», sagte Richard, «damit ihr die Magie von heute Nacht nicht vergesst und nicht von Abenteurern zu Touristen werdet.»

«Ich gehe nicht nach Amerika», sagte Lady Arabel. «Ich gehe nach Hause. Noch nie habe ich solchen schröcklichen Unsinn gehört. Ich habe dem Plan nur aus Spaß zugestimmt.»

«Ich habe dem Plan gar nicht zugestimmt», sagte Mr. Frere. «Ich werde wahrhaft dankbar dafür sein, ins Bett zu gehen und morgen früh nüchtern aufzuwachen. Ich werde nie wieder jemanden in Kensington zum Tee besuchen, wenn das das Ergebnis ist.»

«Ich gehe nach Amerika», sagte Mr. Tovey und heftete dabei seine unschuldigen, lockenverdeckten Augen auf Miss Ford.

«Ich geh nach Amerika», echote der unsichtbare Bürgermeister aus einer unerwarteten Richtung. Niemand hatte sich bislang getraut, ihm von dem Missgeschick zu berichten, das ihn befallen hatte. «Ich werd diesen Bürgermeister-Job morgen in den Sack hauen. Das erlebt ihr nich, dass ich hierbleibe – oh, apropos, das erinnert mich ...»

«Ich brauchte keine Erinnerung», unterbrach Sarah Brown. «Es scheint mir, dass alle vergessen haben, warum sie hierhergekommen sind. Bitte, Richard, kennst du einen Zauberspruch, mit dem sich eine vermisste Person finden lässt?»

«Ja, mehrere», antwortete Richard, der seine Waren stets so enthusiastisch wie ein Handlungsreisender anpries. «Es gibt einen außerordentlich raffinierten kleinen Zauber, den ich dir zeigen kann, wenn du zufällig ein Telefonbuch und einen Kompass und ein Krötenherz sowie ein Haar aus dem Bart einer schwarzen Ziege dabeihast. Oder auch, falls du am Weihnachtsabend bei Ebbe an einem Meeresstrand stehst mit dem Mond im Rücken und einer Wachskerze in der linken Hand und in den Sand den Namen schreibst – apropos, wen möchtest du denn finden?»

«Die Hexe», antwortete Sarah Brown.

Richard machte ein langes Gesicht. «Ach, bloß die Hexe?», sagte er. «Ich kann dir ganz ohne jeden Zauberspruch sagen, wo sie ist. Sie ist mit meiner Wahren Liebe auf der Higgins Farm und hilft ... Oh, apropos, Mutter, das habe ich vergessen, dir zu sagen. Du bist Großmutter.»

«RRCHÜD!», sagte Lady Arabel. Unversehens setzte sie sich auf die weiche Grasböschung zwischen der Straße und der Gartenhecke. «Ach, es ist zu grausam», weinte sie und vergrub dabei ihr Gesicht in den Händen. «Es ist zu grausam. Ist dies mein Sohn? Ich habe es so gut gemeint, und mein Leben lang habe ich die Dinge getan, die andere Menschen taten, die naturgegebenen Dinge. Bis auf ein Mal. Und für dieses eine Mal werde ich so grausam bestraft ... Mir wird ein Sohn geschenkt, der mir kein Sohn ist, der nur Dinge sagt, die ich nicht verstehen darf ... der nur Dinge tut, die ich nicht sehen darf ...» Sie hielt inne, nahm die Hände vom Gesicht und blickte fassungslos Richard an, der neben ihr auf der Böschung saß und ihren Arm streichelte. «Ein *Feensohn* ...», flüsterte sie erschrocken und brach dann wieder in Tränen aus. «Ach, es ist zu grausam ...»

Ohne sie zu verstehen, streichelte Richard weiter ihren Arm. «Ja, Mutter, und Peony, meine Wahre Liebe, besteht darauf, ihn Elbert zu nennen», sagte er. «Mutter, hör zu, Elbert, dein Feenenkelsohn ...»

Aber Lady Arabel schluchzte noch immer.

KAPITEL 10
Die Allein Wohnen

Nun, Sarah Brown, da wären wir», sagte die Hexe, deren Haar wie bei Byron flatterte, als sie riskant auf der Reling des Decks saß. Die fernen, schwebenden Strebepfeiler New Yorks stützten einen leuchtenden Himmel, und nördlich und östlich lagen der Hafen und das Meer und viele Schiffe, die sich in der gut gelaunten Gangart von Heimkehrern nach gefahrvoller Reise fortbewegten.

Jede Minute auf See ist eine magische Minute, aber die Reise der Hexe und Sarah Browns war nicht von irgendwelchen übernatürlichen Unternehmungen seitens der Hexe gekennzeichnet gewesen. Sie war durch die Gegenwart von fünfhundert Amerikanern mehr oder minder lahmgelegt worden, von denen keiner je das Wort «Magie» gehört hatte – außer von Werbetreibenden in Verbindung mit ihren Waren.

Miss Ford hatten sie zurückgelassen, nachdem sie für immer von Nervengewittern geheilt war. Sie hatte sich unerwartet mit Mr. Bernard Tovey verlobt, während sie am Bahnhof Liverpool Lime Street nach einem Gepäckträger suchte, und war mit ihm nach London zurückgekehrt, um das Ereignis mit einem Super-Mittwoch zu feiern. Der Bürgermeister war ebenfalls nicht an Bord gegangen. In der Tat hatte man von dem bedauernswerten

Mann nichts mehr gehört, seit er in der Nacht des Feuers zum Verschwinden gebracht worden war, und ich glaube, die Londoner Polizei versucht noch immer, ihn als deutschen Spion dingfest zu machen.

«Da wären wir», sagte die Hexe zu Sarah Brown. «Zumindest nehme ich an, dass diese Stadt auf Zehenspitzen New York ist. Meinst du, ich sollte den Kapitän auf jene etwas größere Dame zu unserer Linken aufmerksam machen, die auf einem Felsen ausgesetzt zu sein scheint und uns Zeichen gibt, ihr zu helfen?»

«Das ist die Freiheitsstatue», sagten drei in der Nähe stehende Amerikaner im Chor.

«Was meinen Sie mit ‹Freiheit›?», fragte die Hexe.

Die drei Amerikaner ließen sie mit drei Blicken erstarren.

«Amerika ist die Heimat der Freiheit», sagten sie alle zusammen.

«Oh, ja, natürlich, wie dumm von mir», sagte die Hexe. «Ich hätte mich daran erinnern sollen, dass jedes Land die Heimat der Freiheit ist. Sehr schade nur, dass die Freiheit anscheinend nie auch daheim anzutreffen ist. In jedem großen Geschäft in London hängt ein Schild aus, auf dem steht ‹Unter königlicher Schirmherrschaft›, wissen Sie, doch ich habe stundenweise Kurzwaren gekauft, ohne einer einzigen Königin zu begegnen. Ich nehme an, wenn ihr nicht dieses große Aushängeschild hättet, das in eurem Hafen aufragt, würdet ihr Amerikaner vielleicht vergessen, dass Amerika die Heimat der Freiheit ist. Ich weiß ziemlich viel über Amerika von einem grauen Eichhörnchen, das meinen Maibaum auf der Fäustlingsinsel mietet. Es ist lange her, dass es herübergekommen ist, aber es fiept immer noch mit starkem neuengländischem Akzent. Es ging weg, weil es Sozialist war. Wie ich höre, ist Amerika zu voll mit Freiheit, um für den Sozialismus Raum zu lassen, richtig? Mein Eichhörnchen sagt, es gibt nur zwei Parteien in Amerika, Republikaner und Sünder – zumindest glaube ich, dass es das so gesagt hat –, und wer nicht zu einer dieser Parteien gehört, wird zu lebenslanger Zwangsarbeit verurteilt. So habe ich es verstanden, aber ich mag mich irren. Politik liegt mir nicht besonders. Jedenfalls musste mein Eichhörnchen die Heimat der Freiheit verlassen und nach England kommen, damit es sagen konnte, was es dachte. Ich wünschte, ich wäre auch in England. Sarah Brown, ich weiß noch gar nicht, warum du mich hergebracht hast.»

«Ich habe dich hergebracht, um dem Gesetz zu entfliehen», sagte Sarah Brown.

«Was meinst du mit ‹dem Gesetz entfliehen›? Wusstest du nicht, dass sämtliche Magie vom Zorn des Gesetzes lebt und durch ihn gedeiht? Hast du unsere heroische Tradition der Märtyrerschaft und des Scheiterhaufens vergessen? Ist die Welt nicht schon zahm genug? Was soll deiner Meinung nach aus Der Magie werden? Eine Außenstelle des Öffentlichen Dienstes?»

«Ich habe alles, was ich hatte, darauf verwendet, dich hierherzubringen», sagte Sarah Brown. «Ich habe alles, was ich liebte, verlassen, um dich hierherzubringen. In England bin ich nun wie tot. Niemand dort wird je wieder an mich denken, außer als an etwas, von dem man nie wieder etwas hören wird.»

Die Hexe schaute sie freundlich an. «Weißt du», sagte sie, «als du mir zuerst sagtest, ich solle verschwinden, nachdem Harold so schlecht auf einem Polizisten gelandet war, dachte ich, dass du vielleicht eine Art Kinoschurkin bist, die mich von meinem Haus und Erbe vertreibt. Zunächst wollte ich mich in der Sache mit dir anlegen, aber dann erinnerte ich mich daran, dass Schurken stets eine miese Zeit haben, auch ohne dass sie von uns Übrigen tyrannisiert und verfolgt werden. Abgesehen davon sind solide Gegenstände es nie wert, dass man über sie streitet. Also habe ich die ganze Zeit lang mit dir Geduld gehabt und höflich in all deine – wie ich dachte – teuflischen Plänen eingewilligt, und jetzt bin ich froh, dass ich Geduld hatte, denn ich sehe, du hast es gut gemeint. Liebe Sarah Brown, du hast es wirklich gut gemeint. Wie traurig es doch ist, dass Menschen, die einmal im Haus Alleinleben gewohnt haben, nie erfolgreich Freundschaften schließen können. Du sagst, du hast alles verlassen, was du liebtest – was hast du denn mit der Liebe zu schaffen? Danke dafür, meine Teure, dass du es so gut gemeint hast, und für diese schönen Tage auf See. Aber ich darf nicht bei dir bleiben. Ich darf dieses Land nicht betreten – sogar schon von hier aus kann ich Cleverness und Nichtmagie riechen. Ich muss auf meine kleine Frühlingsinsel zurückkehren und in meinen Sprengel Feenland ...»

«Oh, Hexe, verlass mich nicht, lass mich nicht so zurück, krank und verwirrt und so weit weg von zu Hause ...»

«Wie kannst du jemals weit weg von zu Hause sein, du, eine Bewohnerin des größten Zuhauses von allen? Hast du gedacht, du hast das Haus Alleinleben zerstört? Hast du gedacht, du könntest ihm entkommen?»

Sarah Brown sagte nichts. Sie sah der Hexe dabei zu, wie sie ihren Besen Harold zu sich rief und den Sattel justierte und den Gurt um seine Mitte festzog. Sie sah ihr dabei zu, wie sie aufsaß und sich in die sonnigen Lüfte schwang. Die drei Amerikaner redeten über Politik und bemerkten nichts außer einander. Die Hexe landete für einen Moment auf einer der Zacken der Krone der Freiheit, stieg vorsichtig hinunter zum Scheitel der Dame und wurde von Sarah Brown dabei beobachtet, wie sie sich gefährlich weit hinunterbeugte, bis ihr Kopf verkehrt herum hing und lange und neugierig in jenes ausdruckslose Bronzeauge starrte. Gleich darauf stieg sie wieder auf Harold und machte sich mit einer respektlosen und zweideutigen Bewegung ihres Fußes in östlicher Richtung auf den Weg. Sie verschwand, ohne zurückzublicken.

Die Anlegestelle war erreicht. Sarah Brown sammelte David, ihren Hund, und Humphrey, ihren Koffer, zusammen. Ihre Familie war eine sehr handliche. Ein Beamter fragte Sarah Brown etwas und bewegte dabei in der beunruhigenden Manier amerikanischer Beamter nur eine Mundhälfte.

«Ich kann Sie nicht hören», sagte Sarah Brown. «Ich bin stocktaub.»

Und sie trat über die Schwelle des größeren Hauses Alleinleben.

«Ich wurde nicht dazu geboren, irgendjemandes Ehefrau zu werden, sondern dazu, Schriftstellerin zu sein»

EIN NACHWORT VON MAGDA BIRKMANN

Die literarischen Auseinandersetzungen von Frauen mit dem Ersten Weltkrieg wurden insbesondere von männlichen Literaturwissenschaftlern noch bis mindestens Ende des 20. Jahrhunderts systematisch ignoriert bzw. nicht als «echte» Kriegsliteratur anerkannt. Noch 1990 heißt es in einer Studie über den Einfluss des Ersten Weltkriegs auf die britische Kultur, eine sich im Krieg befindende Nation sei eine männliche Nation, in welcher der Künstler vom Soldaten nicht zu trennen sei. Begriffe wie «Front» und «Kampf» wurden vom Militär immer wieder als «die Orte, an denen Frauen nicht sind», redefiniert; diese gängige Gleichsetzung von «Krieg» mit Schützengräben und Schlachtfeldern schließt Literatur aus der Sicht von Frauen über die Erfahrungen der Menschen an der sogenannten Heimatfront über die wirtschaftlichen Auswirkungen von Krieg auf die Zivilbevölkerung oder auch über Vergewaltigung und Prostitution im Kriegskontext von vornherein aus dem Genre «bedeutender» Kriegsliteratur aus, das lange Zeit explizit als männlich definiert wurde. Schon Virginia Woolf stellte in *Ein Zimmer für sich allein* zynisch fest, dass ein Buch, das von den Gefühlen von Frauen in Wohnzimmern handle, ein unbedeutendes Buch sei; eine Szene, die auf einem Schlachtfeld spiele, sei wichtiger als eine Szene in einem Laden.

Kein Wunder daher, dass Stella Bensons eigenwilliger, jegliche Genregrenzen sprengender Roman über eine Hexe im London zur Zeit des Ersten Weltkriegs, der in der Welt der

Wohltätigkeitsorganisationen und Landarbeiter:innen angesiedelt ist und dabei vor allem alleinstehende Frauen in den Mittelpunkt stellt – und dessen wichtige Szenen sich tatsächlich unter anderem im magischen Krämerladen der Hexe auf der Fäustlingsinsel abspielen –, zwar bei seinem Erscheinen vor inzwischen über hundert Jahren durchaus begeisterte Kritiken bekam, spätestens mit dem Tod der Autorin vierzehn Jahre später aber längst wieder in der Versenkung verschwunden und in die Listen wichtiger Weltkriegsromane gar nicht erst aufgenommen worden ist. Obwohl sie und ihr Werk sowohl von der zeitgenössischen Kritik als auch von vielen ihrer berühmteren Kolleginnen wie Katherine Mansfield, Naomi Mitchison oder Virginia Woolf sehr geschätzt wurden, war Stella Benson – ungemein produktive Tagebuchschreiberin, Journalistin und Autorin von unter anderem sieben Romanen, zahlreichen Kurzgeschichten, Gedichten, Essays und mehreren Reiseberichten – mit keinem ihrer Bücher ein dauerhafter Platz in der Literaturgeschichtsschreibung oder dem Gedächtnis der literarischen Öffentlichkeit vergönnt. Selbst im Zuge feministischer Rehabilitationsprojekte der 70er- und 80er-Jahre, als englische Verlage wie Virago oder später Persephone Books die Werke unzähliger verkannter und vernachlässigter Autorinnen in den Archiven der British Library aufstöberten und ihnen zu einer zweiten Blüte verhalfen, flog Bensons exzentrisches Gesamtwerk weiterhin unter dem Radar, was zumindest zum Teil ihrer konsequenten Missachtung gängiger Genregrenzen geschuldet sein dürfte, mit der sie sich einfachen Kategorisierungen und Vergleichen seit jeher entzog.

Zauberhafte Aussichten (Originaltitel: *Living Alone*), das damit beginnt, dass eine Hexe im Frühjahr 1918 unangekündigt in die Vorstandssitzung einer Londoner Wohltätigkeitsorganisation hineinplatzt und später das Leben der verschiedenen Komiteemitglieder gehörig auf den Kopf stellt, war Stella Bensons dritter Roman, den sie im Alter von siebenundzwanzig Jahren veröffentlichte. Anders als die meisten bekannten Weltkriegsromane, die erst mehrere Jahre bis Jahrzehnte nach Kriegsende verfasst und veröffentlicht wurden und das Kriegsgeschehen daher eher rückblickend-analytisch betrachten, zeichnet sich Bensons Roman, den sie bereits 1917 zu schreiben begonnen hatte, 1918 fertigstellte und der 1919 auf den Markt kam, durch die nahezu ungefilterte Unmittelbarkeit der darin geschilderten Eindrücke von der kriegsgebeutelten Londoner Gesellschaft aus. Neben allerhand magischen Abenteuern sehen sich die Figuren des Romans auch mit leider nur allzu realistischen Problemen wie regelmäßigem Fliegerbombenalarm, strengen Lebensmittelrationierungen und unaufhörlicher Kriegspropaganda konfrontiert.

Die Magie, die in Form der Hexe Angela plötzlich in die gewohnte Welt der Komiteemitglieder einbricht, kann dabei als Antithese zu den rechtlichen und gesellschaftlichen Normen und bourgeoisen Moralvorstellungen betrachtet werden, von denen sich vor allem marginalisierte Figuren wie die mittellose Peony oder die schwerhörige und chronisch kranke Sarah Brown im Laufe des Romans immer mehr zu emanzipieren versuchen. Die Welt der Magie eröffnet diesen Figuren Räume, um die korrupten, kriegstreiberischen Autoritäten in ihrem Leben infrage zu stellen und aus den starren Klassen- und Geschlechterverhältnissen der englischen Gesellschaft auszubrechen. Mit der Hexe Angela und der Hauptfigur Sarah Brown hat Stella Benson dabei gleich zwei weibliche Figuren geschaffen, die sich dem für ihre Zeit handlungstypischen Ehezwang verweigern und bewusst und, zumindest im Falle der Hexe, enthusiastisch für ein Leben allein entscheiden, ohne diesen Zustand jemals ernsthaft zu bedauern oder gar daran zu verzweifeln.

Trotz seiner vielen fantastischen Elemente – darunter das magische Duell zweier auf Besen reitender Hexen über der Wolkendecke, Tote, die aufgrund eines Missverständnisses frühzeitig aus ihren Gräbern auferstehen, mysteriöse Feenkinder und ein Drache, der als Großknecht auf einer Feenfarm arbeitet – ist *Zauberhafte Aussichten* der wohl am eindeutigsten autobiografisch gefärbte von Bensons Romanen. Inspiriert von ihren persönlichen Erfahrungen in London während des Ersten Weltkriegs persifliert er ebenjene gesellschaftlichen Kreise, in denen sie sich – unter anderen – selbst bewegte.

Stella Benson wurde 1892 in Shropshire als Tochter des Grundbesitzers Ralph Beaumont Benson und seiner Frau Caroline Essex Cholmondeley, einer Schwester der damals erfolgreichen (und heute ebenfalls in Vergessenheit geratenen) Schriftstellerin Mary Cholmondeley, geboren. Da sie von frühester Kindheit an von eher schwacher Gesundheit war, wurde Benson größtenteils zu Hause unterrichtet, verbrachte allerdings auch einige ihrer Schuljahre in Deutschland und der Schweiz. Bereits als Zehnjährige begann sie mit dem regelmäßigen Tagebuchschreiben und hielt diese Praxis bis ans Ende ihres Lebens aufrecht – ganze zweiundvierzig Bände umfasst ihr Tagebuchnachlass, der in der Universitätsbibliothek von Cambridge aufbewahrt wird und auf Veranlassung ihres Mannes erst fünfzig Jahre nach ihrem Tod geöffnet und gelesen werden durfte.

Infolge einer Rippenfellentzündung ertaubte Benson im Alter von fünfzehn Jahren auf dem rechten Ohr, mehrere Jahre später wurde sie offiziell als tuberkulosekrank diagnostiziert. Neben ihren gesundheitlichen Problemen wurde die junge Stella Benson auch stark von ihren schwierigen Familienverhältnissen geprägt. Eine Schwester verstarb, als Benson noch ein Kind war, und ihr Vater, der stark alkoholkrank war und im Laufe der Jahre mental immer weiter abbaute, verließ die Familie in ihrem vierzehnten Lebensjahr; es kam nur noch zu wenigen Treffen mit ihm, bevor er fünf Jahre später an den Folgen seiner Alkoholsucht starb.

Mit zwanzig verbrachte Benson, wiederum aus gesundheitlichen Gründen, längere Zeit in der Karibik und schöpfte aus dieser Erfahrung unter anderem Inspiration für ihren Debütroman *I Pose*, eine Satire über die abenteuerlichen Erlebnisse eines Gärtners und einer Suffragette, deren Happy End als Liebespaar schließlich von der Explosion einer selbst gebastelten Bombe vereitelt wird. Sie hatte ihn noch auf der Schiffsreise zurück nach England zu schreiben begonnen und später unverlangt an den Verlag Macmillan and Company geschickt, mit der für eine blutige Anfängerin doch recht gewagten Aufforderung, dieser möge doch bitte binnen einer Woche seine Entscheidung über eine etwaige Veröffentlichung treffen. Der Verlag hielt sich an das Ultimatum, was jedoch vermutlich weniger mit Bensons forschem Auftreten oder der ungewöhnlichen Qualität ihres Manuskripts zu tun gehabt haben dürfte als vielmehr mit der Tatsache, dass Macmillan der Verlag war, der auch den Erfolgsroman *Red Pottage* ihrer zumindest damals noch durchaus berühmten Tante Mary Cholmondeley verlegte. Bensons Debüt, das schließlich 1915 erschien, wurde von der Kritik äußerst wohlwollend aufgenommen, der Journalist Sir Henry Lucy nannte es gar «eines der klügsten, originellsten und besten Bücher, die mir seit Langem begegnet sind», während es im *Daily Graphic* als «verblüffende Leistung» einer Newcomerin, die selbst aus der Feder einer erfahreneren Autorin bemerkenswert gewesen wäre, gelobt wurde.

Zurück in London, wo sie in einem Versuch, sich von ihrer Familie und vor allem ihrer als übermäßig fürsorglich empfundenen Mutter zu emanzipieren, fortan alleine lebte und ausgerechnet in den ganz besonders von Armut und Elend geprägten Stadtteil Hoxton (von ihr auch «Brown-Viertel» genannt) zog, begann Benson, sich für die militante Frauenwahlrechtsbewegung zu engagieren und sich außerdem der Wohltätigkeitsarbeit zu widmen. In dieser Zeit, in der sie die ärmsten Bevölkerungsschichten Londons aus nächster Nähe kennenlernte, erschien auch ihr zweiter Roman *This is the End* (1917) über eine junge Frau namens Jay Martin, die aus ihrem als klaustrophobisch empfundenen Zuhause wegläuft, um sich im «Brown-Viertel» als Busfahrerin zu verdingen und dabei endlich zu sich selbst zu finden. Dieser zweite Roman, der ähnlich wie später *Zauberhafte Aussichten* realistische mit fantastischen Erzählelementen vermischt, etablierte Benson mit ihrem «köstlichen Sinn für Humor» und ihrer «erfrischenden Art, Menschen und Dinge zu beschreiben», in den Augen der Kritiker:innen als eine «ernst zu nehmende literarische Größe».

Ähnlich wie Sarah Brown, die Protagonistin von *Zauberhafte Aussichten*, die ihre unbefriedigende und moralisch fragwürdige Wohltätigkeitsarbeit aufgibt, nachdem sie in die merkwürdige kleine, von der Hexe betriebene Pension auf der Fäustlingsinsel gezogen ist, haderte auch Stella Benson schnell mit ihrer bezahlten Tätigkeit als Angestellte der Charity Organisation Society, einer Organisation, die mithilfe von «wissenschaftlichen Prinzipien» feststellen wollte, welche Teile der armen Bevölkerung «gut» waren, welche dagegen «sittenlos» und «faul» und deshalb keine Unterstützung verdienten. Benson, die für ihre zu große Freigiebigkeit gegenüber den bedürftigen Antragstellenden immer wieder gerügt wurde, gab die Stellung bald auf. 1917 arbeitete sie dann eine Zeit lang auf einer Farm in Berkshire, musste diese Tätigkeit jedoch beenden, weil sie der großen körperlichen Anstrengung gesundheitlich nicht gewachsen war – auch hier ist die Parallele zu Sarah Browns Exkursion auf die magische Farm aus dem Roman deutlich erkennbar.

Da sie mehr von der Welt sehen wollte und außerdem hoffte, dass ein wärmeres Klima ihrem Gesundheitszustand zuträglich wäre, reiste Stella Benson 1918 in die Vereinigten Staaten, wo sie schließlich ein ganzes Jahr verbringen sollte – erst als Tutorin an der University of California und später als Manuskriptprüferin für die dortige University Press. Während dieser Zeit schloss sie auch die Arbeit an *Zauberhafte Aussichten* ab. Es ist vermutlich kein Zufall, dass der Roman damit endet, dass seine Protagonistin Sarah Brown – die nicht nur die Initialen ihrer Schöpferin teilt, sondern auch deren große Liebe zu Hunden und Abneigung gegenüber körperlicher Nähe zu anderen Menschen und die, genau wie Benson, unter Problemen mit dem Gehör und den Bronchien leidet – nach einer transatlantischen Schiffsreise in New York City von Bord geht, um ein neues alleinstehendes Leben in den USA zu beginnen.

Wie schon von ihren vorherigen Romanen war die Literaturkritik von *Zauberhafte Aussichten* erneut begeistert, wenn auch teilweise verwirrt. Als ein Buch voller «verführerischem Blödsinn» und einem Humor der «weiblichen Art», von dem man unmöglich sagen könne, worum es darin eigentlich gehe, bezeichnete es ein Kritiker der *Chicago Daily Tribune*, für die Journalistin Agnes Miall war es «ein Stück hinreißender Quatsch», und der Rezensent der *New York Tribune* bezweifelte, dass es auch nur zwei zurechnungsfähige und aufmerksame Leser:innen geben könne, die aus ihrer Lektüre des Romans am Ende genau dieselben Schlüsse ziehen würden. Trotzdem trug der Roman für ihn «den Stempel einer Erzählkraft, die über das Niveau bloßen Talents hinaus zumindest die niederen Luftströme wahren Genies erreicht». Für die *Pall Mall Gazette* war das Buch «von vorne bis hinten ein wahres Vergnügen [...] voller Witz und Weisheit und Güte», laut der *Times* wimmelte es darin nur so von «wunderschönen Gedanken, wunderschönen Ideen und – am allerbesten – wunderschönen Gefühlen», und der *Daily Telegraph* fand die «Eigensinnigkeit ihrer Fantasie» unwiderstehlich.

1920 verließ Benson die Vereinigten Staaten. Der Abstecher nach Kalifornien war für sie aber noch längerfristig literarisch ergiebig, denn ihre Erlebnisse dort verarbeitete sie später auch in ihrem nächsten Roman *The Poor Man* (1922) über einen schwerhörigen und emotional abgestumpften Mann aus San Francisco auf der Suche nach der großen Liebe. Die darin enthaltene Satire auf den «American way of life» sollte bei einigen ihrer kalifornischen Bekannten zwar für große Empörung sorgen, von der Literaturkritik jedoch wurde das Buch unter anderem als «einer der besten modernen Romane überhaupt» und «eines der gehaltvollsten Bücher, das uns seit Langem begegnet ist», betrachtet.

Benson reiste derweil 1920 nach China weiter, wo sie erst an einer Missionsschule in Hongkong unterrichtete und später in einem Krankenhaus in Beijing tätig war. Dort traf sie ihren späteren Ehemann John O'Gorman Anderson, genannt Shaemas, einen Iren, der für den *Chinese Maritime Customs Service* (eine 1854 gegründete chinesische Zollbehörde) arbeitete. Die beiden heirateten 1921 und verbrachten bis auf vereinzelte Reisen und Aufenthalte in Bensons englischer Heimat den Großteil ihres gemeinsamen, nicht immer harmonischen Ehelebens in China. Zur großen Enttäuschung von beiden blieb die Ehe kinderlos, und Benson sah sich als Mitglied einer sehr kleinen, eher konservativen westlichen Enklave, fern von ihrer Familie, ihren Freund:innen und dem alltäglichen Treiben des englischen Literaturbetriebs, einer immer größer werdenden Isolation ausgesetzt, in der das Schreiben ihr zu einer wichtigen Zuflucht wurde – Einsamkeit und Entfremdung, die bereits in ihrem Frühwerk eine große Rolle gespielt hatten, schlugen sich dabei als wiederkehrende Motive in ihrem literarischen Werk nieder. An ihren Ehemann schrieb Benson einmal: «Das Einzige, an das ich mich als letzten Ausweg klammere, ist, dass ich mein Schreiben an die erste Stelle setzen *muss*. ... Ich bestehe darauf, an erster Stelle Schriftstellerin und erst an zweiter Stelle Ehefrau zu sein: Ein männlicher Künstler würde darauf bestehen, und ich bestehe darauf ... Ich wurde nicht dazu *geboren*, irgendjemandes Ehefrau zu werden, sondern dazu, Schriftstellerin zu sein – allerdings bin ich deine Ehefrau, und ich bin sehr froh, es zu sein; und wenn du nur einsehen würdest, dass ich nur die Art Ehefrau sein kann, die ich bin – eben nur an zweiter Stelle häuslich –, wäre das viel besser.»

Ihr zu Lebzeiten erfolgreichstes Werk, der Roman *Tobit Transplanted* (erstmals 1930 in den USA unter dem Titel *The Far-Away Bride* erschienen und ein Jahr später dann in England), verpflanzt die Geschichte des biblischen Buches Tobit in die Mandschurei und die dortige Gemeinschaft einer weißen russischen Minderheit und wurde sowohl mit dem prestigeträchtigen Prix Femina Vie Heureuse als auch der A. C. Benson Silver Medal of the Royal Society of Literature ausgezeichnet, ist aber heutzutage selbst im englischen Sprachraum so gut wie unbekannt und wie alle ihre Bücher seit Jahrzehnten vergriffen. Stella Benson, für die das Schreiben alles bedeutete und deren Leben im Dezember 1933 nach einer schweren Lungenentzündung nur wenige Wochen vor ihrem 42. Geburtstag viel zu früh endete – ihr achter Roman *Mundos* war erst zu zwei Dritteln fertig geschrieben –, erlangte leider nie das Ansehen der Nachwelt, das ihr aufgrund der

Originalität und großen Bandbreite ihres literarischen Schaffens eigentlich zugestanden hätte und das ihre zeitgenössischen Schriftstellerkolleginnen ihr so dringend gewünscht hatten.

Bereits im November 1919 hatte Katherine Mansfield in der Literaturzeitschrift *Athenaeum* im Rahmen einer Rezension von *Zauberhafte Aussichten* geschwärmt: «Wir trauen uns kaum, die abgenutzte Wendung ‹eine geborene Schriftstellerin› zu verwenden, aber wenn sie noch irgendeine Bedeutung hat, trifft sie auf Stella Benson zu. Sie scheint zu schreiben wie ein Kind, das Blumen pflückt ...»

Vierzehn Jahre später schrieb Virginia Woolf, als sie in England von Bensons Tod erfuhr, in ihr Tagebuch: «Ich mache weiter; und sie hör[t] auf. Warum? [...] Das Hier und Jetzt wird von ihr nicht mehr erleuchtet werden: Es ist ein vermindertes Leben.»

Die Schriftstellerin Rebecca West brachte kurz nach Bensons Tod in einem Nachruf auf den Punkt, was ihre Bücher so besonders macht: «[Ihre Romane] waren hochgradig eigenwillig. Sie ahmte niemanden nach. Sie allein besaß diese kuriose Gabe einer poetischen Fantasie, die wie ein Eisberg in der Sonne glitzerte, mit ihrer Scharfsinnigkeit, die einen wie ein freundlich glühendes Kaminfeuer willkommen hieß.» Die literarischen Snobs seien gegen sie gewesen, weil sie keiner «Schule» zuzuordnen war und weil sie sich manchmal erlaubt hatte, ihre Fantasie in Schrulligkeit abgleiten zu lassen. Ihr Roman *The Poor Man* aus dem Jahr 1922 wäre, so West, in einem weniger mit Literatur überfrachteten Zeitalter zweifellos als zartes und feinsinniges Meister:innenwerk anerkannt worden. Wie einige ihrer letzten Kurzgeschichten zeigten, habe sich Bensons literarisches Können stetig weiterentwickelt, und es sei unmöglich zu wissen, was sie noch alles hätte leisten können, wenn ihr mehr Lebenszeit vergönnt geblieben wäre.

Auch Stella Benson selbst glaubte, dass sie noch so viel mehr hätte erreichen können, hätte sie nur mehr Zeit gehabt, ihre literarischen Fähigkeiten zu schärfen. Ihrer Kollegin Phyllis Bottome sagte sie kurz vor ihrem Tod: «Ich habe das Gefühl, ich besitze jetzt alle meine Werkzeuge, aber ich fange gerade erst damit an zu lernen, wie man sie benutzt!» Immerhin sieben höchst originelle und faszinierende Romane hat sie uns hinterlassen, und es wird höchste Zeit, dass diese von einer neuen Leser:innengeneration entdeckt werden. Diese erste deutsche Übersetzung von *Zauberhafte Aussichten* ist perfekt dafür geeignet, die so unglaublich talentierte und vielseitige Autorin Stella Benson zurück ins öffentliche Gedächtnis zu rufen, denn das Urteil, das eine Rezension in der *Daily Mail* vor über hundert Jahren über den Roman fällte, gilt heute noch genauso wie damals: «Alle, die mit Humor etwas anfangen können, alle, die von Schönheit verzückt werden, alle, die Gefallen an Allegorien finden, die uns abwechselnd zu Gelächter und zu Tränen rühren, sollten sich unverzüglich *Zauberhafte Aussichten* beschaffen.»

ANMERKUNG DER ÜBERSETZERIN

Der Roman von Stella Benson enthält einige übersetzerische Herausforderungen: Neben Wortspielen und -neuschöpfungen gehören ein mal bewusst sperriger, dann wieder poetischer Sprachgebrauch dazu ebenso wie Anspielungen auf zeitgenössische und historische Umstände.

Besonders diffizil war die Übertragung der langen dialektal geprägten Figurenreden, die von der Standardsprache abweichen, vor allem die der Figur Peony, des Bürgermeisters und der Polizisten. Bei der Übersetzung habe ich für jede dieser Figuren eine eigene Kunstsprache entwickelt. Diese vereint Elemente mündlichen Sprechens (etwa Zusammenziehungen), grammatische Fehler sowie idiosynkratische Formulierungen und greift zudem auf deutsche dialektale Elemente zurück.

Ein weiteres Problem der Übersetzung bildeten Formulierungen im Text, die aus heutiger Sicht als spezifische Bevölkerungsgruppen diskriminierend gelesen werden können. Diese Äußerungen sind fast ausnahmslos in Figurenreden eingebettet und sollten in ihrem sprachlichen sowie historischen Kontext betrachtet werden.

Es handelt sich um folgende Stellen: «moddriche Juden» [S. 55; muddy Jews], «fahrenden Volkes» [S. 48; gipsies] bzw. «das wandernde Volk der Lüfte» [S. 74; the gypsies of the air] und «dahin, wohin die guten N**** kommen» [S. 134; gone where the good n****** go]. Mit «moddrich» habe ich ein Wort gewählt, das im Vergleich zu anderen Varianten wenig abwertend wirkt und dennoch die Figurenrede, die eine ganze ‹Modder-Litanei› enthält, adäquat wiedergibt. Das Z-Wort habe ich bewusst vermieden, auch, weil es im Text eher im übertragenen Sinn verwendet wird. Es bestand zudem kein Anlass, das N-Wort, ein Zitat aus dem US-amerikanischen Lied *Old Uncle Ned*, auszuschreiben, da es auch in der gewählten Form jene Assoziationen stereotypen Denkens hervorruft, die der Romantext selbst kritisiert.

Insgesamt bin ich Stella Bensons Text so treu wie möglich geblieben, um dessen ganz besondere literarische Qualitäten und nicht zuletzt seinen unverwechselbaren Ton und Humor ins Deutsche zu übertragen.

rororo
Entdeckungen

Stella Benson, Zauberhafte Aussichten
Christa Anita Brück, Ein Mädchen mit Prokura
Laurie Colwin, Familienglück
Liesbet Dill, Tagebuch einer Mutter
Louise Meriwether, Eine Tochter Harlems
Mary Renault, Freundliche junge Damen